Nagib
Machfus

Das Buch
der Träume

Zu diesem Buch

Nagib Machfus wagt in seinem letzten zu Lebzeiten erschienenen Buch noch einmal etwas radikal Neues. Schwerelos, halluzinatorisch steigen in seinen Träumen Geschichten an die Oberfläche des Bewusstseins: Bruchstücke aus seiner Kindheit, Erinnerungen an Frauen, die er geliebt hat, Episoden mit alten Weggefährten, geschichtliche Umwälzungen. Nagib Machfus folgt den Spuren der Erinnerung, er gewährt uns Einblick in seine innere Welt und wirft gleichzeitig Schlaglichter auf ein ganzes ägyptisches Jahrhundert.
Als Nagib Machfus 1994 von religiösen Fanatikern attackiert wurde, war auch die rechte Hand verletzt, und er musste erst mühsam wieder schreiben lernen. Ein Weg dazu führte über das Aufzeichnen seiner Träume, die er ab 1999 regelmäßig in der ägyptischen Frauenzeitschrift *Nisf al-Dunya (Die Hälfte der Welt)* veröffentlichte. In den letzten Lebensjahren entstand so ein Traumtagebuch mit höchst verdichteten Texten.

»Bilder von hoher Suggestivkraft.« *Catherine Newmark, F.A.Z.*

Der Autor

Nagib Machfus, 1911 in Kairo geboren, gehört zu den bedeutendsten Autoren der Gegenwart und gilt als »Vater des ägyptischen Romans«. Sein Lebenswerk umfasst mehr als vierzig Romane, Kurzgeschichten und Novellen. 1988 erhielt er als bisher einziger arabischer Autor den Nobelpreis für Literatur. Machfus starb 2006 in seiner Heimatstadt.

Im Unionsverlag sind außerdem lieferbar: *Cheops; Echnaton; Karnak-Café, Die Kinder unseres Viertels; Der letzte Tag des Präsidenten; Die Midaq-Gasse; Radubis; Die Reise des Ibn Fattuma; Spiegelbilder* und die Kairo-Trilogie: *Palast der Sehnsucht; Zuckergässchen* und *Zwischen den Palästen.*

Die Übersetzerin

Doris Kilias, geboren 1942, studierte Arabistik und Romanistik in Berlin. Nach einem Kairo-Aufenthalt folgten 1974 die Promotion über ägyptische Kurzprosa und 1984 die Habilitation über algerische arabofone Literatur. Doris Kilias übersetzte zahlreiche Autoren, darunter den Großteil des Werks von Nagib Machfus. Sie starb im Juni 2008.

Nagib Machfus

Das Buch der Träume

Aus dem Arabischen
von Doris Kilias

Unionsverlag
Zürich

Die Originalausgabe erschien 2005 unter dem Titel
Ahlam fatrat al-naqaha in Kairo.
Die deutsche Erstausgabe erschien 2007
im Unionsverlag, Zürich.

Im Internet
Aktuelle Informationen,
Dokumente, Materialien
www.unionsverlag.com

Unionsverlag Taschenbuch 464

Rieterstrasse 18, CH-8027 Zürich
Telefon 0041-44-283 20 00, Fax 0041-44-283 20 01
mail@unionsverlag.ch

Reihengestaltung: Heinz Unternährer, Zürich
Umschlaggestaltung: Peter Löffelholz, Zürich
Umschlagbild: Wai Heng Chow
Druck und Bindung: CPI – Clausen & Bosse, Leck
ISBN 978-3-293-20464-5

Die äußeren Zahlen geben die aktuelle Auflage
und deren Erscheinungsjahr an:
1 2 3 4 5 – 12 11 10 09

Getrieben von Hunger, fuhr ich mit dem Fahrrad herum, um ein Lokal zu finden, das meinen eingeschränkten finanziellen Mitteln entsprach. Vor welcher Tür ich auch hielt, sie war geschlossen. Als ich zufällig zu der Uhr auf dem Platz hinüberschaute, sah ich meinen Freund dort stehen. Er winkte mir zu. Ich ging zu ihm, und als ich ihm erzählte, in welcher Situation ich mich befand, schlug er mir vor, das Fahrrad bei ihm zu lassen. Das würde mir die Suche sicher erleichtern. Ich nahm seinen Vorschlag dankend an und machte mich wieder auf den Weg. Mittlerweile setzte mir der Hunger so stark zu, dass ich auf das erstbeste Restaurant zusteuerte. Ich wusste, dass mein Besuch mich teuer zu stehen kommen würde, aber verzweifelt, wie ich war, hielt mich nichts mehr zurück. Als mich der Besitzer, der vor dem Eingang stand, kommen sah, schob er den Vorhang zurück: Da war kein prächtiger Saal mit festlich gedeckten Tischen, nein – das war eine Ruine, in der sich der Müll häufte.

»Was ist passiert?«, fragte ich erschrocken.

»Beeilen Sie sich«, sagte der Mann, »vielleicht schaffen Sie es noch zum Kebabladen, bevor der zumacht.«

Um keine Zeit zu verlieren, lief ich zurück auf den Platz. Doch da war nichts – kein Fahrrad und kein Freund.

Wir betraten das Zimmer; das Mädchen als Erste, ich als Zweiter, und hinter mir kam der Portier mit den Koffern. Meine Beziehung zu dem Mädchen war zwar von einer gewissen Beständigkeit geprägt, aber eindeutige Absprachen gab es nicht. Ich ließ das Gepäck Gepäck sein und trat auf den Balkon hinaus: Da lag es, das Meer, und während der Blick sich in der unermesslichen Weite verlor, berauschten sich Körper und Seele an der feuchten Brise und dem Dröhnen der Wellen. Plötzlich drang ein Schrei an mein Ohr, ich stürzte ins Zimmer. Das Mädchen stand wie hypnotisiert da und starrte auf die Flammen, die oberhalb der Tür ins Zimmer schlugen. Ich erschrak, aber noch bevor ich etwas unternehmen konnte, kam ein Mann herein. Sein Gesicht zeigte keine Regung, die harten Züge schienen aus Granit gemeißelt. Mit einer einfachen Handbewegung brachte er das Feuer zum Erlöschen, und als er sich anschickte zu gehen, erklärte er: »Kann sein, dass es eine Zeit lang kein Wasser gibt.«

Alle Anspannung fiel von mir ab, und erleichtert beschloss ich, in den nächsten Supermarkt zu gehen und ein paar Dinge einzukaufen. Als ich zurückkam, stand die Zimmertür offen, und wenige Schritte entfernt wartete der Portier. Ängstlich betrat ich den Raum. Er war leer, nur auf dem Boden lag ein dickes Bündel – Kleidungsstücke offenbar, denn oben lugte der Ärmel eines Pyjamas heraus. Von dem Mädchen fehlte jede Spur.

»Was soll das?«, fragte ich.

»Sie sind hier falsch, das ist nicht Ihr Zimmer«, erwiderte der Portier.

Ich wies auf den Ärmel. »Aber das ist mein Pyjama.«

»Davon gibts Tausende auf dem Markt.«

Vielleicht irrte ich mich ja tatsächlich, immerhin sahen die drei Gebäude, die in einer Reihe standen, völlig gleich aus. Ich eilte die Treppe hinunter, und als ich auf der Straße stand, entdeckte ich tatsächlich das Mädchen. Es lief in Richtung des Platzes, auf dem es von Autos und Menschen nur so wimmelte. Ich rannte los, um das Mädchen einzuholen, bevor es im Gedränge verschwand.

Mitten auf dem Bootsdeck stand ein Mast, an den ein Mann gefesselt war. Das Seil schnürte seinen Körper von der Brust bis zu den Füßen ein, nur den Kopf konnte er bewegen. Er warf ihn heftig nach rechts und links, und seinem verwundeten Innern entrang sich der Schrei: »Wann endet diese Qual?!«

Jeder von uns dreien schaute ihn voller Mitleid an, und hin und wieder tauschten wir betroffene Blicke. Eine Stimme fragte: »Wer hat dir das angetan?«

Er warf immer noch den Kopf hin und her und sagte: »Ich, ich selbst.«

»Warum?«

»Es ist die Strafe, die ich verdient habe.«

»Für welches Vergehen?«

»Für die Unwissenheit!«, rief er zornig.

Ich sagte: »Wir kannten dich als einen Menschen, der einen Traum besaß und große Erfahrung. Aber wir wussten nicht, dass sich in einem Menschen so viel Wut verbergen kann.«

Seine Stimme schwoll an, als er erklärte: »Und was ihr auch nicht wisst, ist, dass kein Mensch, mögen die Umstände noch so demütigend sein, seiner Würde beraubt werden kann.«

Da überkam uns stille Trauer.

Ein grosser, leerer Saal mit vielen Türen. Wir drei standen in einer Ecke. Meine beiden Freunde hatten sich fein gemacht und trugen sogar Krawatten. Ich war zwar nur in einer marokkanischen Gallabija erschienen, aber das war mir nicht peinlich, dazu waren wir zu eng befreundet. Ich hörte ein Geräusch, und als ich mich umdrehte, sah ich plötzlich einen Mann, der wer weiß woher gekommen sein mochte. Seine Uniform sagte mir, dass er etwas Ähnliches wie ein Zeremonienmeister sein musste. Ich hüllte mich fest in meine Gallabija ein und sagte: »Ich fürchte, es gibt hier ein besonderes Fest.«

»Glaub ich nicht«, meinte der eine Freund, und der andere fügte hinzu: »Und wenn schon.«

Wieder hörte ich ein Geräusch. Zwei Männer, die ähnlich ausstaffiert waren, gingen auf den ersten Mann zu und stellten sich neben ihm auf. Da hatte ich nicht mehr den geringsten Zweifel. Ich trat die Flucht an, stürzte zur nächsten Tür und öffnete sie. Aber ich schrak zurück, denn dahinter war eine Mauer. Ich lief zur nächsten Tür, zur übernächsten – immer gab es eine Mauer. Da schlich ich zurück zu meinen Freunden und versteckte mich hinter ihnen.

Was mich in einem gewissen Maß beruhigte, war der Umstand, dass die drei Männer keine Notiz von uns nahmen. Gäste strömten herbei, der Saal füllte sich. Niemand beachtete uns, denn alle starrten erwartungsvoll in eine Richtung. Wir folgten ihren Blicken, und siehe da, plötzlich erschien ein Mann von beeindruckender Statur, bei dem es sich um eine führende Persönlichkeit handeln musste. Im Nu ertönten Hochrufe, die mit jedem Schritt des Mannes noch lauter wurden. Aber es waren auch Warnungen zu hören, etliche riefen, er solle nicht zu der Tür gehen. Ich sagte zu meinen Freunden: »Wenn er sie öffnet, wird er auf eine Mauer stoßen.«

Der Mann schritt majestätisch durch das Meer von lauten Hochrufen und unüberhörbaren Warnungen. Er erreichte die Tür, öffnete sie – und entschwand den Blicken.

Ich schlenderte umher und überließ es dem Zufall, mich zu leiten. Aber plötzlich geschah etwas höchst Merkwürdiges, das ich mir niemals hätte vorstellen können. Die Straße, in die ich gerade eingebogen war, verwandelte sich in einen Zirkus.

Mauern, Gebäude, Autos, Menschen – all das war verschwunden. Stattdessen stand da ein riesiges Zelt, in dem es stufenförmig angeordnete Sitzbänke, lang herunterhängende Seile, Trapeze, Tierkäfige, Schauspieler, Akrobaten, Athleten und natürlich auch einen Clown gab. Ich kam aus dem Staunen nicht heraus, vor Freude hätte ich fliegen können. Aber als ich dann weiterging und in der nächsten und übernächsten Straße das gleiche Wunder geschah, wich die Freude einem immer stärker werdenden Unwillen. Schließlich war ich es satt, mir das länger ansehen zu müssen. Ich verspürte nur noch den Wunsch, möglichst schnell nach Hause zurückzukehren. Ach, wie froh war ich, als mich von Weitem meine vertraute Welt grüßte und mir baldige Ruhe versprach. Ich öffnete die Tür – da stand der Clown und empfing mich mit schallendem Gelächter.

Das Telefon klingelte, ich nahm den Hörer ab. »Hier ist dein Lehrer, Scheich Muharram.«

»Schön, Sie zu hören«, erwiderte ich respektvoll.

»Ich werde dich besuchen.«

»Gerne, ich freue mich.«

Ich war überhaupt nicht überrascht, obwohl ich doch vor ungefähr sechzig Jahren an seiner Beerdigung teilgenommen hatte. Das Bild meines alten Lehrers stand mir noch immer lebhaft vor Augen, und nun stürmten all die Erinnerungen auf mich ein: die fein geschnittenen Züge seines Gesichts, die Eleganz, mit der er sich kleidete, und, das vor allem, die unerbittliche Strenge, mit der er uns Schüler behandelte. Der Scheich kam, bekleidet mit einer prächtigen Gubba, einem feinen Kaftan und einem gewundenen Turban. Ohne sich lange mit Höflichkeitsfloskeln aufzuhalten, erklärte er: »Dort drüben habe ich mit vielen Kennern alter Poesie und mit Gelehrten zu tun. Ich konnte den Gesprächen mit ihnen entnehmen, dass einige Lektionen, die ich euch erteilt habe, zu korrigieren sind. Ich habe diese Berichtigungen zu Papier gebracht, hier sind sie.«

Sprachs, legte eine Rolle Papier auf den Tisch und ging.

Was für ein riesiger Platz, was für ein Gewimmel von Menschen und Autos! Ich stand an der Haltestelle und wartete auf die Straßenbahn Nummer drei. Es war kurz vor Sonnenuntergang, und obwohl mich zu Hause niemand erwartete, wollte ich schnell heimkehren. Die Sonne ging unter, der Abend senkte sich über den Platz, und das spärliche Licht der Laternen konnte gegen die Dunkelheit nichts ausrichten. Ich kam mir einsam und verlassen vor, und mit bänglichem Herzen fragte ich mich, was mit der Straßenbahn Nummer drei geschehen sein mochte. Alle anderen Bahnen kamen und ließen niemanden lange warten. Was konnte mit der Nummer drei nicht in Ordnung sein? Der Verkehr legte sich, es wurde immer stiller. Nicht lange, und ich würde den Platz ganz für mich allein haben, wartend auf eine Bahn, die nicht kommen wollte. Ich hörte ein Flüstern, und als ich mich umdrehte, stand dicht neben mir eine junge Frau. Nach ihrem Äußeren zu urteilen, schien sie mir zu den Töchtern der Nacht zu gehören. Ich kam mir noch einsamer vor, glaubte zu verzweifeln.

»Ist das nicht die Haltestelle der Nummer drei?«, fragte die Frau leise.

Ich nickte. Im gleichen Moment entschloss ich mich wegzugehen, aber da kam auf einmal die Nummer drei. Als sie an der Haltestelle einfuhr, sah ich, dass sich außer dem Fahrer und dem Schaffner niemand darin befand. Etwas in meinem Innern sagte mir, dass ich besser nicht einsteigen sollte. Ich kehrte der Bahn den Rücken zu, bis sie davongefahren war. Erst dann drehte ich mich wieder um – die junge Frau stand immer noch da. Als sie meinen Blick spürte, lächelte sie und ging langsam in Richtung der nächsten Straßenecke los. Und ich – ich folgte ihr.

Als ich vor meiner Wohnung stand, sah ich zu meiner großen Verwunderung, dass beide Flügel der Eingangstür offen standen. Von drinnen scholl Lärm an mein Ohr, in den sich der Hall von Stimmen mischte.

Das Gefühl, dass da irgendetwas Schreckliches vor sich ging, ließ mein Herz schneller klopfen. Als ich die mitleidig lächelnden Gesichter meiner Lieben sah, wurde mir das Ungeheure des Geschehens klar: Die Wohnung war fast leer, die Möbel standen alle gestapelt in einer Ecke. Handwerker unterschiedlichen Alters waren zugange, einige strichen die Wände, andere mischten Mörtel und wieder andere trugen Wasser herbei. Während meiner Abwesenheit hatte man also dieses Komplott ausgeheckt, all meine flehentlichen Bitten waren in den Wind geredet.

Wie sollte ich, erschöpft wie ich war, diesen neuerlichen Schlag ertragen?

»Wer hat euch das erlaubt?«, schrie ich die Handwerker an. Doch sie arbeiteten weiter, ohne mich zu beachten. Von Zorn überwältigt, verließ ich die Wohnung. Ich wusste, dass ich sie nie mehr betreten würde. Am Hauseingang stieß ich auf meine längst verstorbene Mutter. Ungehalten fuhr sie mich an: »Das ist alles deine Schuld.«

Wütend rief ich: »Du, du bist schuld an dem, was war und was kommen wird!«

Auf einmal war sie verschwunden. Und ich, ich setzte meine Flucht fort.

Meine Schwester sass in dem kleinen Garten beim Haus und beobachtete einen Frosch; er schwamm in dem Kanal, dessen Wasser den Garten tränkte. Es wehte eine leichte Brise, und die am Weinspalier hängenden Trauben erfreuten das Auge.

»Worauf wartest du?«, fragte ich sie, und noch bevor sie mir antworten konnte, schlug ich vor: »Wie wärs, wenn wir uns ins Zimmer setzen und den Phonograph anstellen?« Wir sahen uns kurz an, dann gingen wir hinüber ins Zimmer. Das Schweigen lastete schwer auf uns, und von der Brise war nichts mehr zu spüren.

Mit großen Augen starrte ich meine Schwester an, denn plötzlich hatte sie sich in meine Lieblingsschauspielerin Greta Garbo verwandelt. Vor lauter Glück glaubte ich zu fliegen.

Doch meine Freude währte nicht lange, denn der Zauber war schnell vorbei. Ich wollte dieses Wunder noch einmal erleben, aber meine Schwester weigerte sich mitzumachen. Ich fragte: »Warum?«

»Mutter ...«, sagte sie, aber noch bevor sie den Satz zu Ende sprechen konnte, erklärte ich: »Sie weiß doch nichts.«

»Sie weiß alles«, erwiderte sie mit fester Stimme.

Als wäre dichter Nebel aufgezogen, versank ich in tiefe Traurigkeit.

Als die Nacht ihre Schwingen über die Gasse senkte, die uns seit Kindheitstagen vertraut war, saßen wir, Freunde seit eh und je, beieinander. Jeder von uns wollte sich bei diesem Wiedersehen entspannen, herzhaft lachen und sich über geistreiche Wortspiele amüsieren.

Wir machten unsere Späße, erzählten Witze, und allmählich war es so dunkel geworden, dass sich unsere Konturen gleich Gespenstern auflösten und wir uns nur noch an der Stimme erkannten. Unser lautes Gelächter erschütterte die Mauern und riss die Menschen aus dem Schlaf. Die Gasse war eng, trotzdem rückten wir näher zusammen, um in der Finsternis nicht gänzlich zu verschwinden. In das lautstarke Lachen mischte sich vereinzelt die Frage, ob es nicht besser wäre, den Rest der Nacht an einem Platz oder in einer großen Straße zu verbringen.

Da kam ein Freund auf die pharaonische Königin zu sprechen, die sich an den Priestern rächen wollte, den Mördern ihres Gatten. Sie habe sie an einen Ort eingeladen, der genauso klein und eng wie die Gasse war, in der wir uns gerade vergnügten. Ihr Plan habe darin bestanden, die Priester in Strömen von Wasser … Weiter kam er nicht, denn plötzlich öffneten sich die Schleusen des Himmels, und es stürzten unglaubliche Wassermassen hernieder. Donner ließ uns verstummen, und ängstlich beobachteten wir, wie das Wasser stieg. Es bedeckte unsere Füße, kroch die Beine hinauf und drohte uns inmitten der Finsternis zu ertränken. Alle

Witze, alle Späße waren vergessen, Verzweiflung griff um sich. Die einzige Hoffnung, dem sicheren Tod zu entrinnen, war, sich in die Luft zu erheben und davonzufliegen.

Im Schatten einer Dattelpalme am Ufer des Nils lag eine Frau. Sie war groß gewachsen und hatte einen üppigen Leib. Der Oberkörper war entblößt, und eine schier unermessliche Anzahl von Kindern kroch um sie herum und schnappte begierig nach den Brustwarzen. Kaum hatten sich einige Kinder satt getrunken, fielen andere über sie her und fingen an zu saugen. Die Sache schien außer Kontrolle geraten zu sein, es gab keinen geordneten Ablauf. Ich hoffte, dass jemand eingreifen oder zumindest Hilfe herbeirufen würde, aber die Leute, die sich am Ufer befanden, schliefen tief und fest. Ich wollte schreien, doch aus meiner Kehle kam kein Laut, und auf meiner Brust lag ein zentnerschweres Gewicht. Mittlerweile war der Körper der Frau völlig ausgemergelt, und sie bestand nur noch aus Haut und Knochen. Trotzdem ließen die Kinder nicht von ihr ab und rissen in ihrer Verzweiflung Stücke von Fleisch heraus. Als die blanken Knochen zu sehen waren, wurde mir klar, dass ich mehr tun musste, als nur versuchen zu schreien. Voller Entsetzen sah ich, dass die Kinder, als sie weder Milch noch Fleisch fanden, übereinander herfielen. Das Blut floss in Strömen, und das Fleisch zerriss in Fetzen. Ein paar Kinder entdeckten mich, und im gleichen Moment stürzten sie auf mich zu: Das schier unvorstellbare, grauenhafte Tun sollte vollendet werden.

Es lag etwas in der Luft, das die Nerven bis aufs Letzte reizte. Köpfe tauchten auf, wurden im nächsten Moment wieder eingezogen. Wie ein Meteor schlug das Gerücht ein, dass es Krieg geben würde. Alle sprachen davon, und Unruhe und Chaos griffen um sich. Die Menschen begannen Lebensmittel zu horten. In dieser düsteren Zeit stellte ich mir immer wieder die Frage: Bleiben wir, oder gehen wir weg? Aber wohin sollten wir gehen?

Noch wähnte ich mich an einem sicheren Ort, aber dann kam ein Mann von der Geheimpolizei und erklärte brüsk, dass sich der Staat einen Überblick verschaffen wolle, wie viele Flüchtlinge die einzelnen Familien aufnehmen können. Das sorgte für noch mehr Aufregung. Meine Mutter, die allein in einem großen Haus lebte, erklärte sich bereit, eine ganze Familie aufzunehmen. Ich hingegen sah nur die Möglichkeit, ein Zimmer zu räumen, in dem zwei Personen wohnen könnten. Mittlerweile war ich so angespannt, dass ich jeder Frage oder Antwort misstraute. Eines Tages klopfte ein Sicherheitsbeamter an meine Tür. In barschem Ton befahl er mir mitzukommen. Ich fragte nach dem Grund, aber seine schroffe Antwort lautete, dass er den nicht kenne. In dem Moment heulte eine Sirene los, und damit war unser Gespräch beendet.

Der Flugplatz. Lautes Stimmengewirr, Tummelplatz der verschiedensten Sprachen. Die Frauen hatten alle Formalitäten erledigt, nun standen sie da und warteten. Ich trat an sie heran, überreichte jeder Frau eine Rose in Silberpapier und sagte: »Gute Reise, ich bete für euer Wohlergehen.«

Sie dankten mir mit einem Lächeln, und eine von ihnen erklärte: »Es ist eine schwere Mission, wir werden Jahre brauchen, um sie zu einem guten Ende zu bringen.«

Ich verstand, was sie meinte, und der Schmerz bedrückte mich. Schweigend sahen wir uns zum Abschied an, und in unseren Augen lag die Erinnerung an frühere Zeiten.

Als das Flugzeug abhob, schaute ich ihm nach, bis es am Horizont verschwunden war. Ich ging zurück in die Empfangshalle, und da fiel mir plötzlich ein, dass ich ja eigentlich hierher gekommen war, weil ich ein Postamt brauchte. Wäre es doch nur darum gegangen!

Eine Stimme flüsterte: »Sie suchen die Post?«

Verdutzt drehte ich mich um. Eine junge, unbekannte Frau stand vor mir. Ich fragte sie, wer sie sei.

»Ich bin die Tochter von Rajja. Erinnern Sie sich noch an Rajja und Sakina?«

Ein Schauder überlief mich. An die dreißig Menschen hatten die beiden Mörderinnen auf dem Gewissen gehabt. »Ja, und es ist eine entsetzliche Erinnerung.«

Sie zuckte mit den Schultern. »Ich zeig Ihnen, wo die Post ist. Kommen Sie mit.«

Ich zögerte, bevor ich ihr beklommenen Herzens folgte.

Ich ging am grünen Ufer des Nils spazieren. Die Luft war feucht, und die Lichter, die auf den Wellen tanzten, erzählten vom trauten Zwiegespräch zwischen Mond und Flut. Meine Seele sehnte sich nach den verborgenen Winkeln von Abbassija, die von Jasminduft und Liebe erfüllt waren. Wieder einmal setzte mir die Frage zu, warum mir meine Liebste seit ihrem Tod kein einziges Mal im Traum erschienen war. Dann hätte ich zumindest gewusst, dass es sie wirklich gegeben hatte und sie nicht bloß der Fantasie eines Jünglings entsprungen war. Entsprach das Bild, das sich mir eingeprägt hatte, einer realen Gestalt? Plötzlich drang aus der Richtung der dunklen Straße Musik an mein Ohr. Zeichneten sich zunächst nur schemenhaft einige Gestalten ab, nahmen sie, als das Licht der ersten Laterne auf sie fiel, deutlichere Konturen an. Verwundert stellte ich fest, dass ich diese Blaskapelle kannte. In meiner Jugendzeit hatte ich sie oft spielen gehört, wenn sie bei Beerdigungen dem Trauerzug vorausschritt. Die Stücke, die sie spielte, konnte ich fast alle mitsingen. Was aber den Auftritt dieser Kapelle zu einem völlig unverhofften Glücksfall machte, war, dass meine Liebste ihr folgte. Es war sie und keine andere, denn nur sie war eine solch bezaubernde Erscheinung gewesen, nur sie hatte diesen würdevollen Gang, nur sie hatte solch fein geschnittene Gesichtszüge. Endlich gewährte sie mir die Gunst ihres Besuchs, mehr noch – sie ließ die Kapelle weiterziehen, kam auf mich zu, und plötzlich stand sie unmittelbar vor mir. Es war, als wollte sie mir bedeuten, dass in meinem Leben nicht alles falsch gewesen war. Atemlos richtete ich mich auf. Ich schaute sie an, und in diesem Blick lag meine ganze Seele. Die Liebe meines Herzens berühren zu dürfen – eine solche Gelegenheit würde es nie wieder geben.

Ich trat einen Schritt vor, aber kaum hatte ich den Arm um sie gelegt, hörte ich ein Geräusch, als würde etwas zerbrechen, ein Knistern. Ihr Kleid entschwebte ins Nichts, und im gleichen Moment fiel ihr Kopf auf den Boden und rollte in den Fluss. Wie eine Rose auf dem Nil trugen ihn die Wellen fort – und ich blieb zurück in ewigem Schmerz.

Ein langer Flur mit vielen Türen. Die Büroräume gehörten entweder zu einer Regierungseinrichtung oder zu einem Handelsunternehmen. Die meisten Beamten saßen schweigend an ihren Schreibtischen, nur einige wenige liefen geschäftig umher. Es gab Männer und Frauen; sie arbeiteten gut zusammen, aber es wurde auch hier und da geflirtet. Ich schien zu den neu dazugekommenen Beamten zu gehören, entsprechend niedrig war mein Gehalt. Obwohl mir dieser Umstand schmerzlich bewusst war, hinderte er mich nicht daran, um die Hand einer hübschen Kollegin anzuhalten. Sie arbeitete schon länger hier, hatte also bereits einen höheren Dienstrang erreicht. Sie dankte mir für den Antrag, lehnte ihn aber mit den Worten ab, dass wir nicht genügend besäßen, um ein glückliches Leben zu führen.

Es war ein Schlag, der mich im tiefsten Innern traf. Von da an vermied ich es, einer Kollegin je wieder einen solchen Antrag zu machen. Dabei gab es mehr als eine, die ich sehr bewunderte. Die Einsamkeit setzte mir zu, ich wurde immer schwermütiger. Eines Tages trat eine junge Frau ihren Dienst an. Ich schöpfte neuen Mut, denn nun war ich in der höheren Position. Ich war Revisor, sie nur eine Schreibkraft, und ich verdiente doppelt so viel wie sie. Sie sah nicht besonders gut aus, aber viel schwerer wog, dass man über sie tuschelte und ihr einen zweifelhaften Lebenswandel vorwarf. In meiner Verzweiflung beschloss ich, aus meiner Einsamkeit auszubrechen und einen Flirt zu wagen. Als sie tatsächlich darauf einging, verlor ich vor lauter Freude den Verstand und machte ihr einen Heiratsantrag.

»Tut mir leid«, erwiderte sie knapp.

Ich glaubte, mich verhört zu haben, also erklärte ich: »Mein Gehalt ist nicht schlecht, und wenn Ihr Gehalt noch dazukommt ...«

»Geld interessiert mich nicht«, erwiderte sie mit großem Ernst.

Ich wollte sie fragen, was es denn sei, das sie interessiere, aber bevor ich auch nur ein Wort sagen konnte, machte sie kehrt und ging davon.

Der Assistenzarzt beglückwünschte mich zu der gelungenen Operation. Ich war gerade aus der Narkose erwacht und fühlte mich angesichts des Glücks, überlebt zu haben, sehr erleichtert. Nachdem ich ins Zimmer gebracht worden war, kam eine Krankenschwester herein. Sie setzte sich an mein Bett, schob ihren Kopf dicht an meinen heran und sah mich lange und eingehend an. Schließlich sagte sie betont gelassen: »Seit Langem habe ich mir nichts anderes gewünscht, als dich schwach und hilflos hier liegen zu sehen.«

Ich schaute sie erstaunt an. »Aber ich habe Sie noch nie gesehen«, stammelte ich. »Warum wollen Sie, dass es mir schlecht geht?«

»Die Zeit der Rache ist gekommen«, stieß sie hasserfüllt hervor. Dann stand sie auf und ging aus dem Zimmer.

Vor Bestürzung und Angst wurde mir schwindlig. Warum glaubte diese Frau, dass ich ihr etwas angetan hatte, obwohl ich ihr nie zuvor begegnet war? Als der Chirurg kam, um nach mir zu sehen, klammerte ich mich an ihn und flüsterte: »Sie müssen mir glauben, Doktor, mein Leben ist in Gefahr.«

Er hörte mir aufmerksam zu, als ich den Vorfall schilderte. Dann ließ er alle Krankenschwestern, die auf der Station arbeiteten, antreten. Aber diese schreckliche Frau war nicht dabei. Mit den Worten: »Machen Sie sich keine Sorgen, hier sind Sie sicher«, ging der Arzt hinaus.

Aber das Bild dieser Krankenschwester ging mir nicht aus dem Kopf, ich hörte noch immer ihre finstere Drohung. Wer immer mein Zimmer betrat, sah mich befremdet und argwöhnisch an. Und ich – ich sah einen langen Weg voller Unheil vor mir.

Ich schritt durch das Gamalija- und Abbassija-Viertel, aber es kam mir vor, als wäre ich immer nur an einem Ort. Weil ich das Gefühl nicht loswurde, dass mir jemand folgte, drehte ich mich hin und wieder um. Es goss in Strömen, seit Jahren hatte es nicht mehr so stark geregnet. Also beschloss ich, so schnell wie möglich heimzukehren. Zu Hause angekommen, zog ich die nassen Sachen aus. Wieder beschlich mich ein seltsames Gefühl – ich war mir ganz sicher, dass sich ein Fremder im Haus versteckt hielt. So viel Unverfrorenheit empörte mich, und deshalb schrie ich, er solle sich ergeben. Da öffnete sich die Tür des Salons, und es trat ein Mann von der Gestalt eines Riesen heraus. »Ergib dich selbst«, erklärte er höhnisch.

Vor Angst stand ich wie gelähmt da. Ich war mir sicher, dass ein einziger Schlag mit seinen Pranken mich sogleich zermalmen würde. Er befahl mir, ihm meinen Mantel und meine Geldbörse zu geben. Ich zögerte kurz, weil mir der Mantel wichtig war und ich ihn nicht gern hergab. Aber natürlich überließ ich ihm beides – Mantel und Geldbörse. Er versetzte mir einen Stoß, ich ging zu Boden. Als ich mich wieder aufrappelte, war der Kerl verschwunden.

Ich überlegte, ob ich um Hilfe rufen sollte, aber schließlich ließ ich es sein: Der Vorfall war so beschämend, dass alle Welt Witze über mich reißen würde. Besser, ich ging zur Polizei … Nein, auch das war keine gute Idee. Der Kommissar gehörte zu meinem Freundeskreis, und das hieß, dass der Skandal letztlich doch bekannt werden würde.

Ich beschloss, den Mund zu halten, auch wenn ich dadurch meinen Ängsten auf lange Zeit ausgeliefert sein würde. Voller Schrecken dachte ich daran, dass ich diesem Kerl auf offener Straße begegnen könnte. Ohnmächtig müsste ich mit ansehen, wie er mit meinem Mantel und meinem Geld fröhlich herumspazierte.

Ich war beeindruckt von der neuen Wohnung, als man mir die Schlüssel aushändigte. Ich schaute mir alles ganz genau an, und überglücklich sagte ich mir, dass ich nun sogleich eine Arbeit suchen müsse.

Ich ging auf den Markt. Es war ein riesiger Platz, der von einer festen Mauer umschlossen war. Ich legte die Urkunde vor, die mich als Wohnungsbesitzer auswies, und durfte den Markt betreten. In der dichten Menschenmenge entdeckte ich viele Frauen, die ich einst geliebt hatte, aber alle spazierten untergehakt mit ihren Männern herum. Ich trat an den entsprechenden Schalter heran und zeigte meine Papiere und die Wohnungsurkunde. Der Beamte sah sich alles genau an, notierte etwas und sagte dann: »Zurzeit gibt es keine freien Stellen. Wir werden Sie benachrichtigen, wenn sich etwas geändert hat.«

Ich war enttäuscht. Insgeheim ahnte ich, dass ich lange würde warten müssen. Ich bahnte mir meinen Weg durch die Menge, nicht ohne noch einmal einen flüchtigen Blick auf die Schönen zu werfen, die ich in der Vergangenheit geliebt hatte. Zu Hause angekommen, ging ich einsam und allein in der Wohnung auf und ab. Plötzlich hörte ich unten auf der Straße einen Mann laut sagen: »Das ist doch verrückt, dass jemand eine Wohnung besitzt, aber keine Arbeit hat. Er sollte sie jemandem überlassen, der das Glück hat, beschäftigt zu sein.«

Zweifelsohne hatte er mich gemeint. Je länger ich über seine Worte nachdachte, desto mehr überzeugten sie mich. Sorge überfiel mich, und vor Unruhe über meine ungewisse Zukunft fand ich keinen Schlaf.

Wir zogen hinaus, um an einem hübschen Platz zu rasten. Wir schauten auf zur Mondsichel und sahen uns verzückt an. Im Licht der Laterne zeichneten sich auf einmal die Umrisse einer mächtigen Gestalt ab – ein wahrer Riese, wie ihn noch kein Mensch je gesehen hatte. Er warf eine unglaublich lange Stange in Richtung des Mondes und traf ihn tatsächlich. Sanft gleitend tauchte aus dem Dunkel immer mehr Licht auf, bis schließlich ein schöner, runder Mond am Himmel stand. Wir hörten Stimmen, sie riefen: »Es gibt keinen Gott außer Gott!« Da konnten wir nicht anders, als in die Rufe einzustimmen. Ich sagte, so etwas habe es noch nie gegeben, und sie war wie ich voller Staunen. Mir war, als würde mich das Licht, das sich über die Welt ergoss, über die glitzernde Wasserfläche schweben lassen. Sie rief: »Welch eine Mondnacht!« Ich sagte: »Schau, das Boot dort wartet auf uns«, und wir stiegen ein. Der Bootsführer sang: »Dich ersehne ich, beim Propheten, dich begehre ich.«

Trunken vor Freude schlug ich vor, ein wenig zu schwimmen. Wir zogen uns aus, sprangen ins Wasser und tummelten uns voller Vergnügen. Aber auf einmal verwandelte sich der Vollmond wieder in eine Mondsichel, und kurz darauf war auch diese verschwunden. Der Schreck fuhr uns in die Glieder. Mir war klar, dass wir unbedingt wieder zum Boot zurückfinden mussten, koste es, was es wolle. Umgeben von stockdunkler Nacht, rief ich: »Wir müssen zum Boot schwimmen!«

»Und wenn wir es nicht finden?«, rief sie zurück.

»Wir könnten ans Ufer schwimmen«, schlug ich vor.

»Aber wir sind nackt!«

»Darüber machen wir uns später Gedanken«, erklärte ich mit fester Stimme.

Es war eine kleine Seitenstrasse, trotzdem gab es Passanten und Leute, die auf ihren Balkons saßen. Eine junge Dame spazierte entlang und blieb hier und da vor einer Auslage mit Kleidung stehen.

Vier junge Burschen, die noch keine zwanzig Jahre alt waren, stellten sich ihr in den Weg. Sie schaute sie unwillig an und wich ihnen aus. Aber wieder bauten sie sich vor ihr auf, schubsten und bedrängten sie. Sie versuchte sie abzuwehren. Die Leute sahen teilnahmslos zu, selbst dann noch, als die Burschen an ihrem Kleid zerrten und ihren Körper zum Teil entblößten. Sie rief um Hilfe. Als ich sah, was vor sich ging, blieb ich erschrocken und von Abscheu erfüllt stehen. Ich hätte gern etwas getan, aber weder ich noch sonst jemand griff ein. Die Tragödie nahm ihren Lauf. Schließlich trat die Bande die Flucht an.

Die Polizei kam. Für mich und etliche andere Zuschauer änderte sich der Schauplatz – wir wurden aufs Revier gebracht und verhört. Unsere Aussagen lauteten alle gleich, und auf die Frage, ob wir etwas unter nommen hätten, antworteten wir mit Nein. Ich schämte mich nicht nur, ich war auch wütend auf mich. Als ich das Protokoll unterschrieb, zitterte mir die Hand.

Wir sassen an unseren Schreibtischen und erledigten unsere Arbeit. Mein Kollege schaute auf und sagte: »Irgendetwas beschäftigt dich.«

Ich fühlte mich elend, entsprechend kurz war meine Antwort: »Ich kann mir die Medikamente nicht mehr leisten.«

Das könne er verstehen, erwiderte er. Gott sei Dank sei er dieser Preistreiberei nicht ausgeliefert. Auf meine erstaunte Frage, wie er das geschafft habe, erklärte er: »Der Bruder meines Freundes hat eine Apotheke. Mein Freund schreibt einmal im Monat auf, was ich und meine Familie an Medikamenten brauchen, und dann bringt er uns die Sachen. Ich muss nur ein Zehntel des normalen Preises bezahlen.«

Ob das nicht eine riskante Geschichte sei, wollte ich wissen. Er winkte beschwichtigend ab und erzählte mir lang und breit von den unterschiedlichen Praktiken der pharmazeutischen Firmen. Ich hörte verblüfft und ungläubig zu, aber dann zögerte ich nicht länger und schrieb auf, was ich jeden Monat an Medikamenten brauchte. Ein Stein fiel mir vom Herzen.

»In Ordnung«, sagte er. »Aber dafür erwarte ich von dir eine Gegenleistung.«

Ich nickte, um ihm mein Einverständnis zu signalisieren.

»Ich finde es unerhört, dass die Behörden ständig angegriffen werden, weil sie so umständlich und bürokratisch arbeiten. Jeder zerreißt sich das Maul darüber, und das kränkt die Beamten. Ich möchte, dass du mit deiner Feder die bürokratischen Abläufe und die alltägliche Routine verteidigst.«

Ich sah ihn erstaunt an und fragte: »Warum setzt du dich derart heftig für etwas ein, über das sich alle Welt aufregt?«

Wütend blaffte er mich an: »Nun hör mir mal gut zu, mein Bester. Welches Ansehen würde wohl ein Beamter genießen, wenn es keine Bürokratie gäbe?«

Hin und her gerissen zwischen Medikamentenliste und Bürokratenehre, schwirrte mir der Kopf.

Ich ging die Strasse entlang, in der mir alles vertraut war. Hier befand sich meine Arbeitsstätte, hier traf ich mich mit Bekannten und Freunden. Mal grüßte ich hier, mal schüttelte ich da eine Hand. Ein Mann überholte mich in nicht allzu schnellem Schritt. Plötzlich bemerkte ich, dass er sich von Zeit zu Zeit umdrehte, als wollte er sich vergewissern, ob ich noch immer hinter ihm ginge. Möglicherweise sah ich ihn nicht zum ersten Mal, aber ich war mir ganz sicher, dass ich ihn nicht kannte, geschweige denn mit ihm befreundet war. Der Kerl ärgerte mich, irgendwie fühlte ich mich provoziert. Ich lief schneller, er beschleunigte den Schritt. Zweifelsohne heckte er etwas Übles aus, und das machte mich noch gereizter. Zu meinem Glück rief mir ein Freund zu, dass er etwas mit mir zu besprechen habe. Ich trat in sein Geschäft und wir redeten lange miteinander. Nach einer Weile hatte ich den Kerl völlig vergessen.

Am späten Nachmittag verabschiedete ich mich von meinem Freund und machte mich auf den Heimweg. Erst da fiel mir wieder dieser Mann ein. Ich drehte mich um, und tatsächlich – er ging hinter mir her. Aufgeregt dachte ich daran, stehen zu bleiben und abzuwarten, was er tun würde. Stattdessen beschleunigte ich aber meinen Schritt, als wollte ich fliehen. Beunruhigt fragte ich mich, was er von mir wollen mochte. Endlich kam mein Haus in Sicht. Erleichtert und ohne mich umzusehen, öffnete ich die Tür. Es war niemand zu Hause. Ich steuerte auf mein Schlafzimmer zu, bis ich plötzlich erschrocken innehielt: Mich ließ der Gedanke nicht mehr los, dass der Mann in meinem Zimmer auf mich lauerte.

Da ich ziemlich lange nicht in meiner Wohnung in Alexandria gewesen war, beschloss ich, eine Handwerkerfirma zu beauftragen, sie instand zu setzen. Kaum war der Meister mit seinen Arbeitern erschienen, machte sich der Trupp auch schon an die Arbeit. Ein junger Mann fiel mir auf; irgendwie hatte ich das Gefühl, ich hätte ihn schon einmal gesehen. Ein Schauder überlief mich, als ich mich zu erinnern glaubte, wann und wo das gewesen sein könnte. War das nicht der Bursche, der in einer Seitenstraße einer Frau blitzschnell die Handtasche entrissen hatte und davongerannt war? Da ich mir nicht ganz sicher war, nahm ich den Meister beiseite und fragte ihn, ob man dem Jungen vertrauen könne.

»Hundert Prozent«, erwiderte er. »Er ist mein Sohn, ich habe ihn zu einem ordentlichen jungen Mann erzogen.«

Ich fühlte mich erleichtert, trotzdem blieb ein Rest Misstrauen. Um mich sicherer zu fühlen, öffnete ich das Fenster, das auf die Straße ging. Es gab da eine Menge Leute, die ich kannte. Ich schaute hinaus, aber zu meinem großen Erstaunen erblickte ich die Garage, die ich vom Fenster meiner Kairoer Wohnung sehen konnte. Vor Beklommenheit schlug mir das Herz bis zum Halse.

Als es dämmerte, schlug ich vor, die Arbeit für heute zu beenden. Da ich die Wohnung lange Zeit nicht genutzt hätte, sei der Strom abgestellt worden.

»Keine Sorge«, erklärte der junge Mann, »ich habe Kerzen dabei.«

Mir wurde bänglich zumute. War das nicht eine günstige Situation, um alles, was nicht niet- und nagelfest war, fortzuschleppen? Ich suchte den Meister. Er sei auf der Toilette, hieß es. Ich wurde immer unruhiger. Dass er im Bad verschwunden war, gehörte möglicherweise zu dem Plan, den der junge Mann und die anderen Kerle geschmiedet hatten. Was nichts anderes hieß, als dass ich diesen Schurken hilflos ausgeliefert war. Ich rief verzweifelt nach dem Meister, einmal und noch einmal, und es wurde dunkler und dunkler.

Sie und ich – allein in einem Raum. Mein Herz tanzte vor Freude. Ich wusste, dass mein Glück nicht lange währen würde, denn jeden Moment konnte sich die Tür öffnen und jemand hereinkommen. Ich wollte ihr sagen, dass ich die Bedingungen, die mir gestellt worden waren, gern erfüllen würde, ich aber noch ein wenig Zeit brauchte. Doch ihre Anwesenheit verzauberte mich derart, dass ich kein Wort herausbrachte.

Ich ging zwei Schritte auf sie zu, aber genau in diesem Moment ging die Tür auf, und der Professor kam herein. »Das Wort Zeit ist wohl ein Fremdwort für Sie«, fuhr er mich an. Ich riss mich los und eilte ihm ins Institut nach, das sich in dem Gebäude gegenüber befand.

»Sie müssen am Tag zehn Stunden üben, wenn Sie gut sein wollen«, erklärte er. Ich setzte mich an den Flügel. Zuerst sehnte sich mein Herz in den Raum gegenüber zurück, aber nach einer Weile war ich nur noch in mein Spiel vertieft.

Als ich mit Üben aufhören durfte, senkte sich der Abend in all seiner Pracht über die Stadt. Auch wenn ich nicht zu hoffen wagte, dass sie gewartet hatte, überquerte ich eilends die Straße. Aber da stellte sich mir ein Chinese mit einem langen Bart in den Weg. Lächelnd sagte er: »Ich habe Sie im Institut spielen gehört. Zweifelsohne haben Sie eine große Zukunft vor sich.« Er verbeugte sich und schritt von dannen.

Ich ging weiter. Der Gedanke, wie einsam ich in meiner Wohnung sein würde, machte mir Angst.

Wir sassen in einem Café. Mein Freund las eine Kriminalgeschichte vor, die er geschrieben hatte. Kurz vor dem Ende hielt er inne und wollte von uns wissen, wen wir für den Mörder hielten und wer dessen Auftraggeber sei. Zu meiner übergroßen Freude wusste ich die richtige Antwort. Nach ungefähr einer Stunde verabschiedete ich mich, weil ich nach Hause gehen wollte. Wegen meines Erfolgs heiter gestimmt, schlenderte ich noch ein wenig umher. Ich lief und lief, und plötzlich war ich wieder bei dem Café angelangt. Als die Runde mich sah, brach allgemeines Gelächter aus. Einer der Freunde bot sich an, mich nach Hause zu begleiten. Kaum waren wir angelangt, verabschiedete er sich und ging. Das Haus war ein ebenerdiger Bau, an den sich ein kleiner Garten anschloss. Ich legte meine Kleidung ab, und als ich in Unterwäsche dastand, bemerkte ich, dass in einer Ecke von der Decke Staub rieselte. Genau das war in der Geschichte passiert, die mein Freund vorgelesen hatte. Damit hatte sich angekündigt, dass das Haus zusammenstürzen und die Menschen, die sich darin befanden, begraben würde. Bei dem Gedanken, dass mein kleines Haus über mir zusammenbrechen würde, fing ich an zu weinen. Von Entsetzen gepackt, stürzte ich ins Freie und rannte auf und davon, weiter und immer weiter.

Auf dem Ozeanriesen wimmelte es von Menschen aller Hautfarben und Sprachen. Ein Sturm zog auf, und tatsächlich brach er binnen weniger Minuten los. Die Wellen türmten sich so hoch, dass der Horizont nicht mehr zu sehen war. Ich geriet in Panik, aber da war niemand, der mir hätte helfen können. Jeder war mit sich selbst beschäftigt. Ich hatte das Gefühl, ganz allein den tosenden Fluten ausgeliefert zu sein. Von nirgendwoher bot sich Rettung – es sei denn, es handelte sich um einen Albtraum, den ich mit einem freudigen Satz aus dem Bett abschütteln könnte. Aber nein, der Sturm wütete noch stärker, und das Schiff wurde von den Wellen hin und her geworfen. Plötzlich stand Hamza Effendi vor mir, mein Mathematiklehrer. Er hielt den Rohrstock in der Hand und schaute mich streng an. Für nicht gemachte Hausaufgaben gab es zehn Schläge auf die Finger, und das brannte, als wären sie mit einem heißen Bügeleisen verletzt worden. Die Erinnerung daran ließ mich diese Zeit noch mehr hassen.

Ich wollte ihm an die Gurgel gehen, aber ich hatte Angst, dass ein unüberlegter Schritt meinen sicheren Untergang bedeuten könnte. Ich schluckte all die frühere Demütigung hinunter, obwohl meine Kehle trocken war. Da sah ich meine Liebste, und so schnell ich konnte, bahnte ich mir einen Weg durch die aufgeregte Menschenmenge. Aber sie erkannte mich nicht, und als wollte sie sich jede Aufdringlichkeit verbitten, drehte sie mir den Rücken zu. Sie lief an die Reling und stürzte sich dem wütenden Sturm entgegen. Ich war überzeugt, dass sie mir ein Zeichen der Rettung hatte geben wollen, also stolperte ich hin zur Reling. Aber da stellte sich mir mein alter Mathematiklehrer in den Weg und hob drohend den Rohrstock.

Eine Runde folgte auf die andere, und das Geld kam und ging. Eine schöne junge Frau brachte Getränke, manchmal auch Sandwichs. Mir lachte das Glück, und ich gewann eine stattliche Anzahl an Pfunden; in diesen kargen Zeiten galt eine solche Summe durchaus als großer Gewinn. Mir sei plötzlich ein wenig schwindlig, erklärte ich, und deshalb wolle ich mich zurückziehen. Obwohl mir niemand glaubte, stand ich auf. In diesem Moment beschuldigte einer der Spieler die junge Frau, mir heimlich Tipps gegeben zu haben. Sie wehrte sich heftig gegen diesen Vorwurf, und auch ich protestierte gegen diese völlig unhaltbare Behauptung. Der Mann sprang auf, und auch etliche andere Männer ließen von den Karten ab. Sie fielen über die Frau her und rissen ihr die Kleider vom Leib. Laut schreiend drohte sie, die Polizei darüber zu informieren, dass in dieser Wohnung Glücksspiele und andere verbotene Dinge getrieben würden. Da ließen die Männer von ihr ab und kehrten auf ihre Plätze zurück. Ich half der Frau, ihre Kleider zu richten, und machte mich auf den Heimweg.

Ich hatte mich kaum hingesetzt, um mich ein wenig auszuruhen, da kam die junge Frau und berichtete aufgeregt, dass die Männer, betrunken wie sie waren, meine Wohnung stürmen und im ganzen Viertel für Tumult sorgen wollten. Es wäre besser, ihnen das Geld, das ich gewonnen hatte, zurückzugeben. Aber das käme doch einem Geständnis gleich, entgegnete ich, und dass wir nichts verbrochen hätten. Das könnte durchaus sein, meinte sie, aber gemessen an dem, was diese Kerle vorhatten, wäre das das kleinere Übel. Also schickte ich mich in mein Los und übergab ihr das Geld.

Die Stille der Nacht kehrte zurück, aber meine Ruhe war dahin. Noch immer fürchtete ich, dass irgendein Unheil über mich hereinbrechen würde.

Wir sassen in einem Raum, den ich nicht kannte. Möglicherweise war es eine Hotelhalle, aber ich war mir nicht sicher. Meine Freunde stritten darüber, wer die beste Schriftstellerin sei. Als ich meine Lieblingsautorin nannte, stieß ich damit auf heftigen Protest. Sie sei nur mäßig gebildet, oberflächlich und führe sich unschicklich auf, hieß es. Ich versuchte, sie zu verteidigen, aber die Blicke meiner Freunde wurden immer finsterer. Es war, als hätten sie unsere lebenslange Verbundenheit vergessen. Ich erhob mich, als wollte ich gehen, aber niemand rührte sich. Voller Zorn wandten sie sich von mir ab. Ich ging zum Fahrstuhl, und als ich ihn betrat, war ich den Tränen nahe. In der Kabine befand sich eine Frau. Sie hatte ein energisches, hartes Gesicht und trug Männerkleidung. Plötzlich fing sie an zu reden. Sie könne nur lachen über das, was man Freundschaft nenne. Es sei höchste Zeit, dass sich die Art, wie die Menschen miteinander umgehen, von Grund auf verändere. Noch bevor ich begriff, was genau sie meinte, zog sie einen Revolver aus der Tasche und forderte mich auf, ihr mein Geld zu geben. Dann ging alles blitzschnell. Als der Fahrstuhl hielt, befahl sie mir auszusteigen. Die Tür schloss sich, der Fahrstuhl fuhr wieder hinunter, und ich stand in einem stockfinsteren Flur. Verzweiflung packte mich, denn nicht nur, dass ich meine Freunde verloren hatte, ich ahnte auch, dass solch unheilvolle Schicksalsschläge wie der Überfall im Fahrstuhl immer wieder auf mich lauern würden.

Unser Haus in Abbassija. Ich betrat die Diele, meine Mutter kam zur Eingangstür. Meine Schwester tauchte auf. Sie zögerte kurz, dann stellte sie sich neben die Mutter. Wir wechselten kein Wort zur Begrüßung, stattdessen sagte ich nur laut, dass ich großen Hunger hätte. Niemand antwortete, also sagte ich es noch einmal. Ich hörte Stimmen aus dem Zimmer, dessen Fenster auf ein Feld gehen. Ich öffnete die Tür. Mein ältester Bruder hockte schweigend vor dem Scheich der Azhar-Moschee, der mit gekreuzten Beinen auf dem Sofa saß. Der Scheich redete, es war ein Genuss, ihm zuzuhören. Als er geendet hatte, sagte ich, dass ich hungrig sei. Der Scheich bemerkte, dass ihm niemand etwas angeboten habe, weder Kaffee noch ein Glas Wasser. Ich ging wieder hinaus und rief meiner Mutter und meiner Schwester zu, dass sie dem ehrenwerten Scheich einen Kaffee und mir etwas zu essen bringen sollen, und sei es auch nur etwas Brot und Käse. Wieder antwortete mir niemand, aber aus meinem Zimmer, das auf den Hof ging, hörte ich ein Geräusch. Ich öffnete die Tür. Die Nachbarstochter suchte nach einer Nadel für den Phonographen, um sich eine Platte anzuhören. Sie besuchte mich öfter, weil sie sich bei mir Platten ausborgte. Wir mochten beide die Musik von Sajjid Darwisch, und ihre Lieblingsplatte war auch meine. Ich sagte, dass ich Hunger hätte. Sie auch, erwiderte sie. Ich hielt es vor Hunger kaum noch aus und rief so laut ich konnte, dass ich auf der Stelle etwas zu essen brauche. Als nichts geschah, ging ich aus dem

Haus. Es war dunkel und kein Mensch zu sehen. Ich hatte Angst, dass die Läden schon geschlossen hätten. Mit letzter Kraft schleppte ich mich zum Bäcker – die einzige Hoffnung, die mir geblieben war.

Der Esel trabte mit gleichförmigem Schritt durch die Felder, ich döste vor mich hin und nahm die Herbstsonne kaum wahr. Ein Hund bellte, der Esel blieb stehen. Als ich ihn mit der Ferse antrieb, lief er weiter. Wieder war das Bellen zu hören und gleich darauf auch Heulen. Ich schaute auf und hielt Ausschau nach dem Mann, den ich treffen wollte. Eine Frau tauchte auf, umgeben von einem Rudel kläffender Hunde. Sie rief: »Aus!«, und die Hunde gehorchten. Ich grüßte kurz und sagte, dass ich wegen des Scheichs gekommen sei, der mir in zwei Briefen Hoffnung auf Arbeit gemacht hätte. Die Frau sagte, dass sie die Einzige sei, die hier etwas zu sagen hätte. Sie könne behilflich sein, sie könne aber auch umbringen, wen sie wolle. Sie müsste nur die Hunde auf ihn hetzen.

Ich sei in friedlicher Absicht gekommen und nicht auf Krieg aus, sagte ich. Der Scheich habe mir Arbeit versprochen. Mit einem Wink der Hand bedeutete sie mir abzusteigen. Unterwürfig stand ich vor ihr, und als sie sich in Gang setzte, folgte ich ihr. Ich zog den Esel hinter mir her, und die Hunde sprangen um uns herum. Als wir an einem kleinen Haus ankamen, hielt die ganze Prozession an. Sie befahl mir hineinzugehen und drinnen auf sie zu warten. Ich solle ja nicht wagen herauszutreten, die Hunde würden gnadenlos über mich herfallen. Ich fragte, wie lange ich ausharren solle und was mit meiner Arbeit sei. Der Scheich habe mir ein gutes Auskommen zugesichert. Sie überhörte meine Fragen, stieg auf den Esel und ritt davon. Laut heulend strichen die Hunde ums Haus. Irgendwann kamen mehrere grimmige Männer, die mir ein paar Dinge brachten, die ich zum Leben brauchte. Als nichts mehr geschah, dachte ich daran, mir mit den Hunden eine Schlacht auf Leben und Tod zu liefern. Aber noch war mir ein Rest Hoffnung geblieben, und so wartete ich und wartete.

Mein langjähriger Kollege teilte mir mit, dass er in den Jemen gehen und dort arbeiten würde. Er hätte gehört, dass ich auch ein Angebot bekommen hätte. Ich solle es unbedingt annehmen. Ich war wenig begeistert, trotzdem versprach ich ihm, mir die Sache zu überlegen. Als ich zu Hause war, ertappte ich mich dabei, mir tatsächlich Gedanken zu machen. Der Grund dafür war die Hündin, mit der ich in dem Haus lebte. In der letzten Zeit schaute ich sie nur widerwillig an, weil sich ihr Aussehen auf geradezu monströse Weise veränderte. Ihr Gesicht nahm immer stärker menschliche Züge an. Es erinnerte nichts mehr an das hübsche, verspielte Hündchen von einst. Das war kein Hund mehr, aber ein Mensch würde er auch nie sein.

Plötzlich sah ich mich in einem Büro im Jemen sitzen. Es war sehr heiß. Ich fragte den Sekretär, was für Temperaturen in diesem Land so herrschten. Im Winter sei es warm, erwiderte er, und während der anderen Jahreszeiten sehr heiß. Aber das Gute an diesem Gebäude sei, dass es, je höher man sich befand, desto angenehmer wurde. Wenn es mir unten zu heiß sei, brauchte ich nur an den Direktor ein Gesuch zu schreiben, um in ein höher gelegenes Stockwerk umzuziehen. Augenblicklich verbesserte sich meine Stimmung. Ich trat ans Fenster und schaute entlang der Fassade hinauf. Das Gebäude war tatsächlich so riesig, dass ich glaubte, es würde den Himmel berühren.

Aus den Fenstern der oberen Etagen reckten Menschen die Köpfe heraus. Ach, wie heftig fing mein Herz an zu schlagen, erkannte ich doch lauter Gesichter, die mir aus frühester Zeit vertraut waren. Ein Freudenschauder überlief mich, und ich dankte Gott, dass ich das Angebot, im glücklichen Jemen zu arbeiten, angenommen hatte.

Was war mit der Strasse geschehen, ja mit dem ganzen Viertel? Was auch immer passiert sein mochte, es bedeutete nichts Gutes. Die Häuser sahen verfallen aus, nichts wies auf die frühere Pracht hin. Überall lag Müll herum. Ein Arbeiter lief mir zufällig über den Weg. »Was geht hier vor?«, fragte ich ihn.

Er lächelte. »Nur Gott ist ewig. Gelobt sei der Herr, der alles werden und vergehen lässt.«

Ich wollte einen Freund aufsuchen, nun war ich darauf gefasst, dass es bei ihm nicht besser aussehen würde als im ganzen Viertel, ja vielleicht noch schlimmer. Ich brauchte ihn, weil er mir ein paar dringend benötigte Medikamente aus dem Ausland beschaffen sollte. Außerdem wollte ich ihn bitten, sich bei den Behörden telefonisch für mich zu verwenden, damit die Probleme, die für mich schier unüberwindbar waren, aus der Welt geschafft wurden.

Er hockte niedergeschlagen da, ohne den kleinsten Funken Hoffnung. Ich versuchte ihn damit zu trösten, dass er ja immerhin noch eine Arbeit habe.

»Nicht lange, und du wirst sehen, dass es uns genauso schlecht geht wie allen anderen«, erwiderte er sarkastisch.

Ich fragte mich, ob es uns tatsächlich noch schlechter gehen könnte. Auf einmal tauchten lauter junge Leute mit Koffern auf, Jungen und Mädchen. Sie zogen durch die Wohnung und stopften alles in die Koffer, was ihnen gefiel – Pyjamas, Unterwäsche, Hemden, Blusen, Kosmetikartikel, Parfums. Als die Koffer gefüllt waren, zogen sie ab. Was in der Wohnung meines Freundes dank eines gewissen Komforts das Leben angenehm gemacht hatte, sprach nun von dem Verfall, der alles erfasste. Ich fragte mich, ob er sich seinen Stolz noch länger bewahren oder sich der Schmach fügen würde.

In einer der gewundenen Gassen unseres Viertels blieb ich plötzlich wie angenagelt stehen: Zwei meiner besten Freunde, zwei Brüder, kamen mir entgegen. Sie waren lange fort gewesen, und ich hatte sie sehr vermisst. Für einen Moment waren wir alle sprachlos, aber dann fielen wir uns in die Arme und konnten nicht mehr voneinander lassen. Wir frischten unsere Erinnerungen auf an Freudvolles und Schmerzliches und an all die wunderbaren Nächte, die wir gemeinsam verbracht hatten.

Sie wollten sehen, wie ich lebte, also lud ich sie in meine Wohnung ein, die sich ganz in der Nähe befand. Sie schauten sich jedes Zimmer gründlich an, und dann lachten sie wie früher schallend los. Es tue ihnen leid, dass ich so armselig lebte, erklärten sie, bevor sie ihren scharfzüngigen Spott an mir ausließen. Womit ich denn meinen Lebensunterhalt verdiente, wollten sie wissen. Ich würde die Rabab spielen und dazu singen, Lieder über die Mühen des Lebens und das launische Spiel des Schicksals. Ich gab ihnen eine Kostprobe meines Könnens, was sie mit den Worten kommentierten, dass eine solche Kunst einen doch nur an den Bettelstab bringen könne. Da sei es kein Wunder, dass ich so elend und verhärmt aussähe. Sie hätten sich meinetwegen oft Sorgen gemacht und lange nach mir gesucht, und nun zeige sich, dass ihre Angst berechtigt gewesen sei. Aber damit sei es vorbei, denn sie hätten eine gute Nachricht für mich. Ich dankte Gott und wollte wissen, was das für eine Nachricht sei. »Du wirst mit uns in eine herrliche Gegend auswandern, wo es alles in Hülle und Fülle gibt«, erklärten sie. Ich fragte sie, wie sie das bewerkstelligen wollten. Ich wüsste doch, dass sie schon immer gute Beziehungen zu einflussreichen Leuten gehabt hätten, sagten sie und: »Gut Ding braucht Fürsprecher.«

Sie hakten mich unter und gingen mit mir los. Sie brachten mich zu einem Mann, dessen Erscheinung davon sprach, dass er eine gewichtige Persönlichkeit war. Regungslos hörte er sich meine Geschichte an. Dann sagte er, dass man für eine Ausreise Hartnäckigkeit brauche und Geduld. Aber er sei sicher, dass alles ein gutes Ende nehmen würde. Das Leben, das meine beiden Freunde führten, sollte mir Mut machen. »Warte auf mich im Morgengrauen bei der Moschee«, befahl er.

In unserem Haus in Abbassija lagen alle in tiefem Schlaf, als mein Neffe plötzlich rief: »Das Dach brennt!« Ich fuhr entsetzt auf und stürzte aus dem Schlafzimmer. Mein Neffe hatte im Salon bereits eine Leiter aufgestellt. So schnell wir konnten, schleppten wir Eimer mit Wasser heran, stiegen die Stufen hinauf und kippten das Wasser an die Decke. Ich rannte in das Zimmer meiner Schwester, um sie zu wecken. Zu meinem größten Erstaunen sprang sie nicht etwa eilends aus dem Bett, sondern rekelte sich träge und beklagte sich, dass wir sie nie ausschlafen ließen. Schließlich stand sie auf und half uns, Wasser in die Eimer zu füllen. Nach etlicher Zeit hatten wir es geschafft, das Feuer zu löschen. Wir waren gerade dabei, den Schaden in Augenschein zu nehmen, als die Feuerwehr eintraf. Die Nachbarn hatten sie gerufen. Die Männer inspizierten die Balkons, und als sie sich überzeugt hatten, dass es keinen Brandherd mehr gab, zogen sie ab. Uns saß der Schreck noch in den Gliedern, doch als wir uns hinsetzten, um uns zu erholen, klingelte das Telefon. Irgendetwas konnte weder mit der Zeit noch mit dem Ort stimmen, denn in unserer Wohnung in Abbassija gab es kein Telefon. Wir mussten also woanders sein. Am Telefon meldete sich der Besitzer der Wohnung, die wir in Alexandria gemietet hatten. Wir müssten sofort kommen, es habe in der Wohnung gebrannt. Die Feuerwehr habe das Feuer zwar gelöscht, aber es sei unbedingt notwendig, dass wir uns eine Übersicht über den Schaden verschafften.

Meine Frau und ich zogen uns so schnell wir konnten an und eilten zum Busbahnhof, von dem der Wüstenstraßen-Bus abfuhr. Wir befanden uns in denkbar schlechtester Verfassung, und so schlug ich meiner Frau vor, die Wohnung aufzugeben. Erst hatte jemand versucht einzubrechen und jetzt hatte es auch noch gebrannt. Nein, sagte sie, lass uns sehen, was zerstört und was uns geblieben ist.

Wir sassen in einer Art Halle. Einige Gesichter sah ich zum ersten Mal, andere waren mir vertraut. Wir warteten auf die Bekanntgabe der Preisgewinner. Als die Losnummern verkündet wurden, hatte ich tatsächlich gewonnen. Mein Preis war eine neu gebaute Villa. Es setzte Tumult ein, man gratulierte mir und staunte über so viel Glück. Aber etlichen Gesichtern konnte man auch ansehen, dass sie enttäuscht waren. Nach der ersten Aufregung dachten einige laut darüber nach, dass solch ein Treffer auch seine Nachteile hätte. Woher wollte ich das Geld nehmen, um die Villa zu möblieren und das notwendige Personal zu bezahlen? Was war mit den Kosten für Wasser, Strom, die Instandhaltung des Swimmingpools, der Klimaanlage und was es sonst noch alles gab?

Tatsächlich sollte der Traum ein Traum bleiben. Jeden Tag schaute ich mir die Villa an und kehrte niedergeschlagen zurück. Es traten interessierte Käufer an mich heran, und da ich in solchen Dingen völlig unerfahren war, ging ich auf ein Angebot ein, an dem ich mich nur für wenige Stunden erfreuen konnte. Schon bald stellte sich heraus, dass ich betrogen worden war.

Etwa in der gleichen Zeit war die Stellung des Generaldirektors frei geworden. Es gab viele Kandidaten, die sich um diesen Posten rissen; etliche von ihnen konnten hilfreiche Empfehlungsschreiben vorweisen. Ich sprach beim Minister vor und bat ihn, sich für mich einzusetzen. Ich hätte außer ihm niemanden, der sich für mich verwenden könnte. Mit der Frage, wie ich, der mit seinem eigenen Geld nicht umgehen konnte, öffentliche Gelder betreuen wolle, lehnte er meine Bitte strikt ab.

Da ich zu einem seltsamen Fall, einem abschreckenden Beispiel geworden war, beantragte ich die Pensionierung. Endlich hatte ich den Status erreicht, den mir niemand neidete und streitig machen wollte.

Die Sänfte auf dem Kamel wiegte sich gemächlich im Rhythmus der Schritte. Sie war bunt bemalt und festlich mit Blumen geschmückt. Ein Mann ging voraus, der in seinem Mund einen Stab mit Quasten hielt. Ich schaute aus dem Fenster meiner Wohnung, die sich im ersten Stockwerk befand. Als das Kamel an mir vorbeischritt, konnten wir uns direkt in die Augen sehen. Es lächelte und zwinkerte mir zu – da kam Segen über mich. Ich flog hinaus und kreiste mit wehendem Gilbab und wirrem Haar um das Kamel herum. Die Menschen riefen: »Gott ist groß!« und »Es gibt keinen Gott außer Gott!« und waren außer sich vor Staunen über solch ein Wunder. Ich flog höher, machte eine Kehrtwendung und landete auf dem Dach meines Hauses. Nachdem die Sänfte vorbeigezogen war, versammelten sich die Leute vor dem Haus. Sie wollten den fliegenden Jungen sehen. Aber plötzlich schlug das Staunen in Furcht um. Der Bursche müsse von einem bösen Geist besessen sein, hieß es. Dass er geflogen sei, sei ein Omen, das der ganzen Menschheit Unheil verkünde. Man müsse ihn so lange auspeitschen, bis der Dämon ausgetrieben sei. Sollte er sich der Reinigung verweigern, hätte er sich den Tod als letzte Strafe selbst zuzuschreiben. Meine Familie und ich bekamen es mit der Angst zu tun. Sie riefen die Polizei. Als der Polizeidirektor von dem Wunder hörte, wollte er es mit eigenen Augen sehen. Er kam, und als das Ungeheure wirklich geschah, mochte er seinen Augen nicht trauen. Trotz allen Staunens überlegte er fieberhaft. Wie sollte er sich entscheiden? Auf der einen Seite stand die Familie und erklärte, dass es sich hier um eins der Wunder handle, wie sie Heilige vollbringen konnten. Auf der anderen Seite standen die Menschen, die behaupteten, dass ein Dämon sein Spiel treibe und alle ins Verderben stürzen wolle.

Schließlich fasste der Polizeidirektor den Beschluss, mich so lange ins Gefängnis zu stecken, bis die Geschichte vergessen war.

Ich sass in meinem Zimmer und hörte mir ein Lied auf dem Phonographen an. Durch die offen stehende Tür trat eine ungefähr zwanzigjährige hübsche Frau ein. Angenehm überrascht, sprang ich auf und ging auf sie zu. Als ich vor ihr stand, reichte sie mir wortlos einen Brief. Ich sah ihn an und gab ihn ihr zurück. Ich könne ihn nicht lesen, sagte ich, weil meine Augen zu schlecht seien. Vielleicht wolle sie ihn mir vorlesen, schlug ich vor. Das gehe nicht, erwiderte sie, weil sie weder lesen noch schreiben könne. Ihr Vater habe den Brief an den Fürsten geschrieben, sein Name stehe auf dem Umschlag. Vor seinem Tod habe ihr Vater gesagt, sie solle mit dem Brief zu mir kommen, damit ich ihn dem Fürsten überbringe. Ich hörte erstaunt zu, und schließlich sagte ich, dass ich weder diesen Fürsten noch sonst einen Fürsten kennen würde. Allmählich kam mir die Frau verdächtig vor, also beschloss ich, das Thema zu wechseln. Aber da ging sie einfach fort.

Als ich auf dem Weg zur Arbeit über die Kasr-al-Nil-Brücke ging, stand sie am anderen Ende. Ohne sie zu beachten, ging ich an ihr vorbei. Aber sie folgte mir im Abstand von wenigen Metern.

Bei meiner Heimkehr fand ich sie erneut vor. Ich warnte sie, ja nicht wieder auf den Brief und den Fürsten zu sprechen zu kommen. Sie blieb still, aber das änderte nichts daran, dass ich es mit der Angst zu tun bekam. Und auch ihrem Gesicht war anzusehen, dass sie sich fürchtete. Da war mir klar, dass wir beide nur einen Wunsch hatten – einen Fluchtweg zu finden.

Ich betrat das Büro des Ministers, um ihm die maschinengeschriebene Liste mit den Namen der Beamten zu überreichen, die befördert werden sollten. Offensichtlich war der Minister mir günstig gesonnen, denn auch mein Name befand sich auf der Liste. Er zeichnete sie am oberen Rand ab, und gleich darauf brachte ich sie in die Personalabteilung. Für die Bearbeitung war eine junge, gut aussehende Beamtin zuständig. Nach einem kurzen Blick auf die Liste erklärte sie, dass der Minister unten und nicht oben hätte unterschreiben müssen. Ohne diese Korrektur könne niemand in eine höhere Gehaltsstufe befördert werden. Verärgert schimpfte ich auf die Bürokratie, die uns das Leben schwer mache. Aber sie bestand auf ihrer Vorschrift, und so kam ich nicht umhin, die Liste nochmals dem Minister vorzulegen. Er lachte, als er auf den unteren Rand seinen Namen setzte. Ich ging wieder in die Personalabteilung. Dieses Mal hatte die Beamtin keine Einwände. Eine Freundin von ihr, die wir wegen ihres Witzes mochten, hatte sich eingefunden. Sie verteidigte das korrekte Verhalten der anderen und bemerkte amüsiert, dass die unverheirateten Beamten wieder einmal zugunsten der verheirateten das Nachsehen hätten. Der zuständigen Beamtin war anzusehen, dass sie sich über ihre Freundin ärgerte. Als ich der lustigen Kollegin wenig später begegnete, fragte sie mich, was ich von ihrer Freundin halte. Ich erklärte offen heraus, dass sie mir sehr gefalle. Ich solle ihr das gestehen, meinte sie. Es wäre der erste Schritt, wenn man heiraten wolle. Ich müsse mir das in Ruhe überlegen, murmelte ich. Ich sei nicht mehr jung genug, um mein Leben mit Nachdenken zu vergeuden, erwiderte sie. Hartnäckig redete sie auf mich ein, den ersten Schritt zu tun. Schließlich gab ich allen Widerstand auf und fügte mich.

Es war am späten Nachmittag. Ich war auf dem Heimweg, und da es kühl war, trug ich Mantel und Kufija. Ein junger Bursche und ein ausnehmend hübsches Mädchen, das einen unglücklichen Eindruck machte, stellten sich mir in den Weg. Der Junge bat mich um eine milde Gabe. Ich suchte in meiner Tasche nach etwas Kleingeld, fand aber nur eine Fünf-Pfund-Note. Er solle am nächsten Kiosk eine Tafel Schokolade kaufen und mit dem Restgeld zurückkommen. Kaum war er verschwunden, fing das Mädchen zu weinen an. Ihr Bruder behandle sie fürchterlich brutal und zwinge sie, schreckliche Dinge zu tun. Mit jedem neuen Tag würde die Liste ihrer Vergehen länger, und ihr bleibe nur noch, Gott anzuflehen, sie von ihrem Leiden zu erlösen. Ich fühlte mich etwas verunsichert, gleichzeitig tat mir das Mädchen leid. Von dem Jungen war nichts zu sehen, er würde wohl nicht zurückkommen. Ich begriff, wie naiv es gewesen war, ihm zu vertrauen. Wenn ich das zu Hause erzählte, würde mir die ganze Familie Vorhaltungen machen. Trotzdem war ich entschlossen, das Mädchen diesem Strolch nicht länger auszuliefern. Ich nahm die Kleine mit. Es begann ein neues Leben für sie. Niemand behandelte sie als Dienerin, und sie schien fast zur Familie zu gehören.

Eines Tages stand plötzlich ein Polizist vor der Tür, begleitet von dem jungen Burschen. Kaum hatte er seine Schwester erspäht, packte er sie und hielt sie fest. Ich solle mit aufs Revier kommen, erklärte der Polizist.

Ahnungslos folgte ich der Aufforderung. Auf dem Revier beschuldigte man mich, die Kleine entführt und sie gewaltsam in meinem Haus festgehalten zu haben. Ich war fassungslos, und es gelang mir nur mit Mühe, ruhig zu bleiben. Ich bat das Mädchen, den Hergang zu schildern, aber sie brach in Tränen aus und beschuldigte mich schwerster Verbrechen. Der Kommissar schrieb eifrig mit. Mir war, als würde ich den Boden unter den Füßen verlieren. Ich war mir sicher, dieser lebensbedrohenden Gefahr nicht mehr entrinnen zu können.

»Fassen Sie Mut und verzweifeln Sie nicht«, erklärte der Makler, »Geduld ist eine Tugend.«

Er wusste, warum ich derart besorgt war. Ich sah auf mich zukommen, dass ich meine Wohnung verlieren und auf der Straße stehen würde. Ich sagte, dass ich bereits einige schöne Wohnungen gesehen hätte, aber sie seien alle viel zu teuer für mich. Wie sollte ich für eine Wohnung eine Million Pfund aufbringen? Ich staunte, als er mir erzählte, dass bereits vier meiner Kolleginnen eine Wohnung zu diesem Preis gekauft hätten. Er lachte und sagte, dass man da schon neidisch werden könnte. Aber es gebe auch für mich noch eine Chance, im Haus von Hagg Ali im Husain-Viertel stehe noch eine Wohnung leer, wir müssten nur warten, bis er von der Pilgerfahrt zurückgekehrt sei.

»Oh, den kenne ich noch aus der Zeit, als wir in dem alten Viertel gewohnt haben«, sagte ich freudig. »Ich habe bei ihm manchmal Bohneneintopf gekauft.«

Der Makler lachte und sagte, dass das viele behaupten würden, die in seinem neuen Haus eine Wohnung kaufen wollen.

»Er ist meine letzte Hoffnung«, erklärte ich voller Angst.

Er klopfte mir aufmunternd auf die Schulter. »Nur gemach, Geduld ist eine Tugend.«

Langsam glitt das Boot über das ruhige Wasser des Nils. Wir saßen im Kreis um den Lehrer, der in der Mitte stand. Er nahm uns die letzte Prüfung ab und war mit den Ergebnissen sehr zufrieden. Als alles geschafft war, gab es Tee und Kuchen, und dann händigte er uns die Zeugnisse aus. Das Boot legte am Ufer an, und wir stiegen aus. Jeder trug stolz das Zeugnis, das in einem großen Umschlag steckte, unter dem Arm. Ich schlenderte umher, und plötzlich befand ich mich in einer breiten Straße, in der es seltsamerweise weder Häuser noch Menschen gab. In einiger Entfernung stand einsam und allein eine Moschee. Ich schritt zügig aus, freute ich mich doch, das Gebet verrichten zu können und mich ein wenig auszuruhen. Als ich hineinging, stellte ich fest, dass das keine Moschee, sondern lediglich ein altes Haus war. Ich machte kehrt und wollte wieder gehen, aber auf einmal umringte mich eine Schar Männer, deren Gesichter nichts Gutes versprachen. Sie fielen über mich her, entrissen mir das Zeugnis, meine Uhr und meine Geldbörse und schlugen auf mich ein. So schnell sie gekommen waren, so schnell verschwanden sie auch wieder.

Als ich auf der Straße stand, konnte ich nicht glauben, dass ich mit heiler Haut davongekommen war. Ich ging wieder los. Wenig später traf ich auf eine Polizeistreife, ich eilte hin und erzählte, was mir passiert war.

Die Polizisten begleiteten mich zu dem alten Haus. Dort angekommen, stürmten sie mit gezogener Waffe hinein. Ich wusste nicht, wie mir geschah, denn nun war es eine Moschee, und eine große Anzahl von Gläubigen war ins Gebet vertieft. Wir traten den Rückzug an, aber zu meinem großen Schreck befahl der Offizier, mich zu verhaften. Ich beteuerte, die Wahrheit gesagt zu haben, und legte die heiligsten Schwüre ab. Irgendwann begriff ich, dass sie an meinem Verstand zweifelten, und ich – ich tat es auch.

Ich sah mich vor dem Schreibtisch des Innenministers sitzen. Vor wenigen Tagen war er noch in der Zeitungsredaktion mein Kollege gewesen, und als seine Ernennung zum Minister bekannt gegeben wurde, waren wir alle gleichermaßen überrascht. Ich fasste die Gelegenheit beim Schopf und bat ihn um ein Gespräch. Nachdem er mich herzlich willkommen geheißen hatte, fragte ich ihn, ob er mir ein Empfehlungsschreiben für einen seiner Freunde geben könne. Der Mann besaß etliche Firmen, und ich hatte schon seit längerer Zeit daran gedacht, in einer dieser Firmen zu arbeiten. Der Minister nahm Feder und Papier, schrieb eigenhändig die gewünschte Empfehlung und verabschiedete mich auf das Freundlichste. Am gleichen Tag ging ich abends am Nil spazieren. Plötzlich stellte sich mir einer dieser Ganoven in den Weg, von deren Raubzügen man jeden Tag in der Zeitung lesen konnte. Er zog eine Waffe und nahm mir mein ganzes Geld ab, etwa fünfzig Pfund.

Aufgebracht kehrte ich heim, trotzdem war ich fest entschlossen, den Termin, den ich mit dem Geschäftsmann vereinbart hatte, einzuhalten. Am nächsten Morgen traf ich pünktlich in seinem Büro ein, und nach wenigen Minuten wurde ich zu ihm vorgelassen. Ich holte das Empfehlungsschreiben hervor, doch als ich das Büro betrat, blieb ich wie angewurzelt stehen. Großer Gott, dachte ich, das ist doch der Mann, der mich überfallen hat, oder er hat einen Zwillingsbruder. Der Boden schwankte unter meinen Füßen.

Mein Boot schoss über den See. Ich wurde das Gefühl nicht los, dass mir ein anderes Boot folgte. Fuhr ich schneller, beschleunigte es ebenfalls. Das machte mir Angst. Aber warum sollte mir jemand folgen?

Ich entdeckte einen Anlegeplatz und beschloss, dort zu ankern. Es war eine prächtige Anlage mit einer großen Terrasse. Ein Schild besagte, dass es sich um den Besitz der russischen Botschaft handelte. Es standen viele dunkel gekleidete Menschen auf der Terrasse, die den schmerzlichen Verlust einer Angehörigen betrauerten.

Ich grüßte den Botschafter, suchte mir einen Platz und hörte mir die Trauerrede an. Mein Blick schweifte über den See, und als ich weit und breit keine Spur von dem anderen Boot sah, wurde ich ruhiger.

Ich nutzte einen günstigen Moment und stieg wieder in das Boot ein. Ich fuhr auf das andere Ufer zu. In der Mitte des Sees entdeckte ich hinter mir das seltsame Boot. Ich hielt es für besser, das andere Ufer zu erreichen und nicht zurückzukehren. Einmal dort angekommen, würde ich erfahren, worum es ging, und dann könnte ich mich mit aller Kraft zur Wehr setzen.

Wir sassen in einem Garten und lauschten verzückt dem Gesang eines Freundes. Vor Begeisterung drückten wir mit lauten Rufen unseren Beifall aus. Offenbar störte das die Nachbarn, denn plötzlich rückte die Polizei an. Im Nu sprangen wir auf und suchten das Weite. Ich rannte so schnell ich konnte, aber einer der Polizisten war mir dicht auf den Fersen. Vor mir lief eine andere Person, aber sie schien vor mir zu flüchten. Wer konnte das sein?

Die geschmeidige, hübsche Figur erinnerte mich an die ferne Liebste. Ich rannte noch schneller, weniger wegen des Polizisten, sondern um sie einzuholen. Sie stürzte einen Turm hinauf, ich setzte ihr nach. Oben angekommen, wollte ich sie in die Arme schließen, aber sie trat an die Brüstung und sprang in die Tiefe. Ich glaubte, den Verstand zu verlieren. In dem Moment tauchte der Polizist auf. In meiner Verzweiflung stürzte ich mich über die Brüstung. Ich machte mich darauf gefasst, gleich einen schrecklichen Schmerz zu verspüren. Ich prallte mit lautem Knall auf den Boden, aber zu meinem großen Erstaunen tat mir nichts weh. Ich bewegte mich vorsichtig, erhob mich und stellte fest, dass ich völlig unversehrt war. Von der Liebsten war nichts zu sehen, doch als ich zum Turm hinaufschaute, stand der Polizist an der Brüstung und lachte schallend.

Die ganze Bande hatte sich in dem Raum versammelt, nur ein Kumpan fehlte. Ich fragte, wo er sei, und bekam zur Antwort, dass sie ihn zum Musiker Sajjid Darwisch geschickt hätten, weil sie die neue Tanzgruppe sehen wollten. Angesichts der mürrischen Gesichter wurde mir klar, wie stark unsere Beziehung in letzter Zeit gelitten hatte. Ich wollte gehen, aber da kam die Tanzgruppe. Die Musiker fingen an zu spielen, die Tänzerinnen und Tänzer wiegten sich im Takt, und auf einmal entspannte sich die Atmosphäre. Wir sprangen auf, tanzten und sangen, und schon bald fühlten wir uns wie berauscht. Aller Groll war vergessen, und wir wurden wieder zu Brüdern, die tiefe Freundschaft verband.

Auch ohne große Worte wussten wir, dass wir diese Nacht niemals vergessen würden.

Ich betrat das elegante, weisse Gebäude. In der Mitte der Halle scharten sich um eine attraktive Dame bereits etliche Kollegen. Ich gesellte mich dazu. Sie hatte uns zu einem Gespräch eingeladen, um uns eine neue Produktionsfirma für Film und Theater vorzustellen. Nachdem wir ihr aufmerksam zugehört hatten, beglückwünschten wir sie zu dem Projekt. Die allgemeine Meinung war positiv, nur was die Zahlung der Gagen betraf, gab es Differenzen. Sie wollte eigenverantwortlich fixe Gagen festlegen, ich hingegen schlug vor – und etliche Herren unterstützten mich darin –, die Gagen von den Aufwendungen abhängig zu machen. Da in diesem Punkt keine Einigung erzielt wurde, vertagten wir die Diskussion. Ich sagte den Kollegen, dass wir ihr, stimmten wir ihrem Vorschlag zu, auf Gedeih und Verderb ausgeliefert wären, wohingegen der prozentuale Ansatz für mehr Klarheit sorgen und Korruption verhindern würde.

Die Dame lud uns zu einem Essen mit Freunden ein. Nach dem Dinner wurde Musik gespielt. Wir wussten nicht, wie uns geschah, als sie sich plötzlich nackt auszog und höchst aufreizend zu tanzen begann.

In diesem Augenblick stand für mich endgültig fest, dass ich weder mit dieser neuen Firma noch mit der Dame etwas zu tun haben wollte.

Ich schaute auf der Strasse einer sehr anziehenden jungen Frau nach, als ein Mann an mich herantrat und mir zuflüsterte, dass sie mir, falls ich es wünschte, zur Verfügung stehe. Obwohl ich ihn wegen seiner seltsam glänzenden Augen ziemlich abstoßend fand, wies ich ihn nicht zurück. Nachdem wir uns auf eine Summe geeinigt hatten, bestand er darauf, dass ich die Hälfte im Voraus zahlen müsse. Er schlug mir einen Ort und einen Termin vor, doch als ich mich zur verabredeten Zeit einfand, traf ich nur auf den Mann. Die junge Dame sei unpässlich, erklärte er, und natürlich bekäme ich meine Anzahlung zurück, wenn ich es wünschte. Da ich ihm vertraute, sah ich davon ab. Wo immer ich ging und stand, tauchte er auf und bat mich um Geduld. Ich fürchtete um meinen guten Ruf, und deshalb teilte ich ihm mit, dass ich von der Vereinbarung zurückträte. Er könne das Geld behalten, sagte ich, allerdings nur unter der Bedingung, dass ich ihn nie mehr zu Gesicht bekäme. Er trat zwar tatsächlich nicht mehr an mich heran, aber dafür hielt er sich immer in meiner Nähe auf.

Mit der Zeit wurde er mir so lästig, dass ich ihn zu hassen begann. Deshalb beschloss ich, für eine Weile nach Alexandria zu gehen. Der Zug fuhr in die Sidi-Gabir-Station ein, da sah ich ihn stehen und auf mich warten.

Der Zug blieb stehen, obwohl kein Bahnhof zu sehen war. Meine Freundin fragte, ob etwas passiert sei, aber ich wusste es nicht. Plötzlich umstellten Soldaten den Zug. Wenig später stürmten sie in die Abteile, die Gewehre im Anschlag haltend. Sie führten nicht nur etliche Offiziere ab, die sich im Zug befanden, sondern auch einige Zivilisten. Ich gehörte dazu. Mit einem letzten Blick verabschiedete ich mich von meiner Freundin, die sich vor Angst nicht rührte. Wir befanden uns mitten in der Wüste. Die Soldaten brüllten, dass wir uns bis auf die Unterwäsche ausziehen sollen. Dann schickten sie die Offiziere auf die eine Seite und uns, die Zivilisten, auf die andere Seite. Durch die Reihen ging ein Murmeln. Das bedeutet das Ende, flüsterten wir uns zu.

Ein ranghoher Offizier kam und rief unsere Namen auf.

Einer von uns traute sich zu fragen: »Wollen Sie uns etwa ohne Prozess töten?«

»Für einen Prozess gibt es keinen Bedarf«, lautete die barsche Antwort.

Der Zug setzte sich in Bewegung, wehmütig schaute ich ihm nach.

Ein Freund hatte uns um ein Treffen im Azbakija-Park gebeten. Er schlug vor, aus Anlass des hundertsten Geburtstags unseres verehrten Lehrmeisters eine Gedenkfeier zu veranstalten. Niemand war sonderlich begeistert, doch keiner lehnte den Vorschlag ab. Wir einigten uns darauf, dass die Feier im Gebäude des Außenministeriums stattfinden sollte, hatte er doch dort seine besten Jahre verbracht und die größten Erfolge gefeiert.

An dem betreffenden Tag machte ich mich schon früh auf den Weg, um den Saal zu inspizieren. Er war mit seiner prächtigen Ausstattung genauso beeindruckend wie früher, aber nun war ich geradezu fasziniert – lauter hinreißend aussehende Frauen standen erwartungsvoll da. Es waren all jene, die der Meister zu Lebzeiten geliebt hatte. Sie trugen eine Art Uniform, weil sie die Gäste bedienen sollten.

Angesichts von so viel jugendlicher Schönheit schlug mir das Herz bis zum Hals. Ich war wie benommen, und in meiner Brust regte sich das sehnsüchtige Verlangen nach Liebe. Ein Schwall von Gefühlen übermannte mich, von denen ich keines in meiner Festrede vergessen wollte.

Ich vermisste einen meiner Freunde. Als ich nach ihm fragte, sagte man mir, dass er bei Scheich Zakarija Ahmed, dem berühmten Musiker, den Abend verbringe. »Der Glückliche!«, rief ich, und daraufhin lud man mich ein, an der abendlichen Runde im Haus des Scheichs teilzunehmen.

Ich kam in einen großen Raum, dessen Wände mit Arabesken verziert waren. Der Scheich thronte auf einem Polster, spielte auf der Laute und sang: »Gottes Wohlgefallen ruht darauf.« Seine Familie, Frauen und Kinder, saßen im Kreis. In ihrer Mitte baumelte kopfüber ein Mann herunter, unter dessen Kopf ein Bottich mit einer ätzender Flüssigkeit stand.

Erschrocken wich ich zurück.

Was mich aber noch viel mehr verstörte, war, dass alle aufmerksam dem Gesang lauschten und von dem Mann, der diese Folter erlitt, keine Notiz nahmen.

Ich sass hinter verschlossener Tür mit einer Moderatorin zusammen. Wir redeten über inländische und ausländische Musik. Von Zeit zu Zeit ging ich zum Klavier und spielte ein paar Lieder. In regelmäßigen Abständen ging die Tür auf, und herein trat eine Frau, die, dem selbstbewussten Auftreten nach, meine Mutter hätte sein können. Nachdem sie uns ein Getränk gereicht hatte, entfernte sie sich wieder. Zweifelsohne erregte unsere Zweisamkeit ihren Argwohn.

Ich fand es überaus lästig, dass sie uns kontrollierte. Also beschloss ich, sie auf eine Weise zu provozieren, wie sie es nie erwartet hätte. Kaum hörte ich, dass die Tür geöffnet wurde, stürzte ich mich auf die Moderatorin und schloss sie in die Arme. Ich fand das nicht weiter schlimm, und deshalb hatte ich auch kein schlechtes Gewissen.

Als ich mich von der Moderatorin löste, war die Frau nicht nur aus dem Zimmer verschwunden, sondern auch aus dem Haus.

Eine Frau und ihre fünf Söhne stritten miteinander bis aufs Blut. Es ging um das Recht der über sechzigjährigen Mutter, ihr Leben zu genießen und einen neuen Mann lieben zu dürfen.

Der heftige Streit war weithin vernehmbar, und so blieb es nicht aus, dass sich die Nachbarn die Mäuler zerrissen. Einige sagten, dass es sich bei einer alten Frau und einem Mann, der so alt ist wie ihre Söhne, nicht um Liebe handeln könne. Er sei nur hinter dem Geld her, das ihr Ehemann ihr hinterlassen hatte. Andere meinten, dass jeder das, was ihm das Leben – und vor allem die Liebe – biete, genießen dürfe, möge der Preis noch so hoch sein.

Für die fünf Söhne war das Verhältnis der Mutter ein furchtbares Unglück. Sie sahen keinen anderen Ausweg, als sie zu töten und sich wegen des gemeinschaftlich geplanten Mordes vor Gericht zu verantworten.

Das Verfahren wurde eröffnet. Anklage und Verteidigung bemühten ständig Begriffe wie Mutterschaft, Pietät, Ansehen, Würde und Achtung vor den Traditionen.

Ich erinnerte mich an die Gesichter der Söhne und konnte noch hören, was sie zu ihrer Verteidigung sagten. Vor allem aber erinnerte ich mich an die Ermordete, die das Leben herausgefordert und sich um das Geschwätz der Leute nicht gekümmert hatte. Stolz und ihrer Reize bewusst, war sie ihren Weg gegangen.

Ich umrundete die Festung zum zweiten Mal, und wieder stellte ich fest, dass sich an den kleinen Fenstern, die eher Schlitzen ähnelten, Gesichter drängten. Ich kannte sie alle, manche hatte ich geliebt. Einige waren lange fort gewesen, andere aus dem Leben geschieden. Sehnsüchtig und voller Mitleid starrte ich hinauf, hatte ich doch das Gefühl, dass alle diese Menschen mich verzweifelt baten, sie zu befreien. Ich prüfte eingehend das steinerne Tor, doch es bestand nicht die geringste Hoffnung, es öffnen zu können. Also suchte ich die zuständige Behörde auf, um um Unterstützung zu bitten. Mit einer Eisenstange bewaffnet, kehrte ich zurück. Als ich die Stange durch die Luft schwenkte, strahlten die Gesichter in den Fenstern vor Freude. Ich holte aus und schlug so kräftig zu, dass die Steine brachen und das Mauerwerk in sich zusammenfiel. Im Nu waren die Gesichter verschwunden, und laute Freudenschreie drangen an mein Ohr. Mit klopfendem Herzen wartete ich darauf, die lang Vermissten in die Arme schließen zu können.

Endlich war es so weit – in Abbassija nahm die neue Straßenbahn den Betrieb auf. Ich schätzte mich glücklich, zu den ersten Fahrgästen zu gehören. Voller Bewunderung schaute ich mich um. Mir gefiel alles – das in Grün und Weiß gehaltene Äußere, die mit Ornamenten verzierten Wände und die noblen Sitze. Ob ich nun stand oder saß, ich freute mich bei jeder Fahrt aufs Neue. Das ist keine Straßenbahn, sagte ich mir, das ist ein prunkvolles Museum. Aber zu meinem Bedauern musste ich im Lauf der Zeit feststellen, dass das Benehmen der Fahrgäste in keinem Verhältnis zu der schönen Umgebung stand.

Ich erlebte Dinge, die mir die Schamesröte ins Gesicht trieben. Eines Tages sah ich, wie ein junger Ausländer ein Mädchen anstarrte und es mit seinen Blicken förmlich verschlang. Ich stellte mich zwischen beide und herrschte ihn an, er solle sich benehmen, die Kleine sei ja noch ein Kind. Er wollte über mich herfallen, aber genau in diesem Moment stieg eine gut aussehende Frau mittleren Alters ein. Der junge Mann stürzte zu ihr hin und rief: »I love you!« Die Frau lächelte und sagte, dass sie gerade aus Europa zurückgekehrt sei, wo man das Erscheinen ihrer Autobiografie gefeiert habe. Sie holte ein Exemplar aus der Tasche und zeigte es uns – auf dem Umschlag war das Foto einer völlig nackten Frau!

Alles an ihm war ungewöhnlich – der riesige Körper ebenso wie sein Benehmen. Wie ein Minarett ragte er in die Höhe, und er hatte eine seltsame Angewohnheit. Er suchte sich unter den Leuten im Viertel jemanden aus, stellte sich ihm in den Weg und beugte sich so tief hinunter, dass sich sein Kopf auf gleicher Höhe mit dem seines Gegenübers befand. Eindringlich starrte er ihn an, als könnte ihm das fremde Gesicht ein verborgenes Geheimnis verraten. Dann richtete er sich auf, setzte seinen Weg fort und verschwand hinter der nächsten Ecke. Die Leute sahen seinem Treiben befremdet und unwillig zu. Eines Tages fasste sich ein Mann ein Herz und folgte dem sonderbaren Menschen. Er wollte herausbekommen, was es mit ihm auf sich hatte. Als er nach längerer Zeit noch immer nicht zurückgekehrt war, machten sich etliche Nachbarn auf den Weg, um sich zu vergewissern, dass er wohlauf sei. Niedergeschlagen kehrten sie zurück, weil sie ihn nicht gefunden hatten.

Nun hielt es der Scheich des Viertels für seine Pflicht, der Sache nachzugehen. Als er wieder im Viertel auftauchte, war er ein gebrochener Mann. Die Nachricht verbreitete sich in Windeseile, jeder vermutete etwas anderes. Doch mit Gewissheit konnte niemand etwas sagen, und schließlich geriet die Geschichte, wenn auch nicht gänzlich, in Vergessenheit.

Als der Scheich eines Abends vor der Moschee saß, hatte er das Gefühl, dass dieser sonderbare Mensch ihm ganz nah war, so nah, dass er zu wissen glaubte, was es mit ihm auf sich hatte. Er war entschlossen, den Mann festzuhalten und dessen Geheimnis kundzutun. Er wollte sich aufrichten, da spürte er, dass es ihm an jeglicher Kraft fehlte. Er konnte sich nicht bewegen, und er brachte keinen Laut hervor.

Ein naher Verwandter hatte mich zum Abendessen eingeladen. Als ich sein Haus erreichte, sah ich, dass Scharen von Gästen hineingingen. Offenbar handelte es sich um eine offizielle Einladung. Unter den Gästen entdeckte ich markante Persönlichkeiten aus der Generation meiner Professoren, aber auch aus der meiner Kollegen. Wir begrüßten uns, wechselten ein paar Worte, und unversehens kamen alle darauf zu sprechen, dass sie jetzt in ein und demselben Dorf lebten, das Christopher hieß. Sie schwärmten davon, wie schön es dort sei und dass keines der anderen beliebten Ausflugsdörfer es mit diesem Dorf aufnehmen könne. Schließlich suchten wir unsere Plätze auf. Für mich war ein Platz an einem kleinen Tisch reserviert, der zu meinem großen Erstaunen nicht eingedeckt war. Es gab keine Tischdecke, keine Teller, kein Besteck. Ich schaute mich verwundert um und sah, dass mein alter Freund Schukuku auf mich zukam. Er drückte mir eine Lammkeule in die Hand, lachte und ging weg. Ich war wie vom Blitz getroffen und empfand das als unglaubliche Beleidigung, aber gleichzeitig war mir klar, dass ich, wenn ich satt werden wollte, mit den Fingern essen musste. Ich nahm die Schmach auf mich, und in Gedanken weilte ich in dem schönen Dorf Christopher.

Ich war überglücklich, als ich plötzlich unter einem Stapel alter Papiere ein Familienfoto entdeckte, das ich schon lange gesucht hatte. Leider sollte meine Freude nicht ungetrübt bleiben, denn die Zeit hatte das Ihrige getan. Das Foto war so vergilbt und zerknickt, dass die Gesichter meiner Lieben nicht mehr zu erkennen waren. Nur noch die Erinnerung konnte sie heraufbeschwören.

Unversehens befand ich mich an einem anderen Ort. Ich stand in der Eingangshalle eines Regierungsgebäudes und hielt in der Hand die Akte eines Beamten, der mein Nachfolger werden sollte und Fürsprache brauchte. Ich musste also in der Personalabteilung vorsprechen.

Ich suchte und suchte, doch nirgendwo konnte ich das Büro finden. Als ich am Archiv vorbeikam, ging die Tür auf. Ein Kollege, der vor Monaten verstorben war, trat heraus. Er riss mir die Akte aus der Hand, murmelte, dass er dafür zuständig sei, und verschwand im Archiv.

Ich war von seiner Erscheinung so überrascht, dass ich vergaß, weshalb ich gekommen war.

Die Grünfläche war von einer Mauer umschlossen, die hoch genug war, um keine Einsicht zu gewähren. In der Mitte stand eine Fahnenstange, und auf dem Rasen tummelten sich zahlreiche Jugendliche. Zuerst hielt ich die Anlage für einen Sportklub, aber als ich genauer hinschaute, schien es mir ein Zirkus zu sein. Eine Gruppe kroch auf allen vieren, in einer zweiten Gruppe traktierten sich die Jungen unter lautem Geschrei mit Fußtritten, während man sich in einer dritten Gruppe übereinander herstürzte und die schlimmsten Schimpfwörter brüllte. Die übrigen Jugendlichen sangen lautstark fremdartig klingende Hymnen. Neugierig geworden, trat ich näher. Plötzlich befand ich mich auf einer großen Straße, die zu beiden Seiten von Massen von Menschen gesäumt war. Sie schauten zur Fahne hinauf und stießen Hochrufe aus. Am Ende der Straße öffnete sich ein großes Tor, und eine Prozession von Wagen rollte heraus. Auf jedem Wagen thronte ein junger Mann. Einer wie der andere schaute gönnerhaft auf die Menschen hinab, und als Antwort auf die Hochrufe nickte er nur herablassend mit dem Kopf.

Vor Schreck blieb ich wie angewurzelt stehen – drei riesige Hunde stürzten mir entgegen. Sie sprangen an mir hoch und drohten mich zu zerfleischen, aber auf einmal griff eine beherzte Frau ein. Sie packte sie an den Schwänzen und zerrte sie weg.

Rechts von mir stand eine noch junge, aber kräftige Hündin. Ihr dickes, weißes Fell war ganz weich. Sie schaute dem Treiben aufgeregt zu, ihr kupierter Schwanz wedelte heftig.

Die Hunde bellten wie verrückt, und ihren glühenden Blicken war anzusehen, dass sie danach gierten, mich zu zerreißen. Als sie merkten, dass sie nicht an mich herankamen, drehten sie sich plötzlich um und fielen die Frau an. Mein Herz raste vor Angst. Kaum spürten sie, dass die Frau den Griff lockerte, warfen sie sich mir entgegen. Die schöne Hündin schaute mich an, zögerte kurz und stürzte sich dann todesmutig in die Schlacht.

Das Studienjahr ging seinem Ende entgegen, und das Datum des Prüfungstags stand fest. Wir hatten in kein Buch geschaut, wir hatten so gut wie nichts gelernt – was sollten wir also tun? Einigen wenigen sagte ihr gesunder Menschenverstand, dass es das Beste wäre, der Prüfung fernzubleiben. Die anderen, zu denen auch ich gehörte, fanden die Situation so absurd, dass wir uns entschlossen, einfach nur aus Jux zur Prüfung zu erscheinen. An dem betreffenden Morgen betraten wir gesittet und mit ernster Miene den Prüfungsraum. Der Vorsitzende des Prüfungsausschusses erhob sich und verkündete mit kräftiger Stimme, dass er zwei Bögen austeilen werde. Der eine Bogen enthalte die Fragen, der andere – die richtigen Antworten. Wir waren verblüfft und glaubten uns verhört zu haben. Nie im Leben hätten wir gedacht, dass ein Professor noch mehr Sinn für Absurditäten haben könnte als wir.

Es war ein Gebäude, das man nicht übersehen konnte. Früher war dort das Ministerium untergebracht, in dem ich gearbeitet hatte. Als ich sah, dass etliche Jugendliche hineingingen, überfiel mich der sehnliche Wunsch, mir noch einmal die Räumlichkeiten anzuschauen. Drinnen begegnete ich zu meiner großen Freude einer Schar ehemaliger Kollegen. Wir gingen gemeinsam durch die Räume, verloren uns in Erinnerungen und erweckten die Vergangenheit wieder zum Leben. Als wir an einer breiten Treppe vorbeikamen, beschloss ich, in das zweite Stockwerk hinaufzusteigen. Es standen dort viele junge Männer herum, die, kaum dass sie mich erblickten, das Gesicht verächtlich verzogen. Die mürrischen Mienen beunruhigten mich, aber noch stärker setzte mir der Druck in der Blase zu. Ich irrte umher, und schließlich entdeckte ich einen Hinweis auf ein WC. Ich stürzte den Flur entlang und riss die Tür auf, aber zu meinem großen Erschrecken befand ich mich auf einer Baustelle. Die sanitären Anlagen waren noch nicht installiert. Verzweifelt stieg ich wieder die Treppe hinunter. Wollte ich mich erleichtern, blieb mir nichts anderes übrig, als auf die Straße zurückzukehren.

Was für ein schöner Platz! Himmel und Erde strahlten im Glanz weißer Rosen, und die Gesichter der Menschen waren voll kindlicher Unschuld. Aber das größte Wunder war, dass sich alle Weggefährten eingefunden hatten – die Lebenden und die Toten. Niemand fand das erstaunlich. Die Lebenden fragten nicht, wie es in der anderen Welt aussehe, und die Toten wollten nicht wissen, was seit ihrem Dahinscheiden auf der Erde geschehen war.

Wir genossen den Augenblick in vollen Zügen und wünschten uns, dass er nie enden möge. Aber plötzlich zogen am Himmel schwarze Wolken auf, und es wurde so finster, dass wir einander nicht mehr erkennen konnten. Binnen weniger Minuten öffneten sich die Schleusen des Himmels, und es blitzte und donnerte. Der Schrecken wollte kein Ende nehmen, und die bangen Herzen klopften uns bis zum Halse.

Laute Rufe erhoben sich. »Das ist das Ende!«, rief einer der Freunde.

»Mir scheint, dass der Himmel aufklart!«, widersprach ein anderer.

»Was auch immer geschehen mag«, erklärte jemand, »dem Jüngsten Gericht entkommt keiner.«

Mitten in dem Wald erhob sich ein Hügel, der die Form einer Pyramide hatte. Es führten mehrere terrassenartig angelegte Wege hinauf, die von Palmen und Blumenbeeten gesäumt waren. In dem Dickicht dahinter gab es lauschige Plätze für Verliebte. An einen solchen Platz hatte ich mich mit meiner Liebsten zurückgezogen. Versunken in traute Zwiesprache, nahmen wir von der Außenwelt nichts mehr wahr.

Plötzlich sprang meine Liebste auf und war im nächsten Augenblick verschwunden. Ich wollte ihr hinterherlaufen, um mich zu vergewissern, dass ihr nichts geschieht, aber da erscholl aus einem Lautsprecher eine Stimme, die wie Donner dröhnte. Sie gab bekannt, dass in dem Wald eine Bombe mit Zeitzünder versteckt und das Gebiet unverzüglich zu räumen sei. Die Menschen stürmten die Wege hinunter, ich tat es ihnen nach. Sicherheitsleute brachten uns an einen Platz, der sich außerhalb der Gefahrenzone befand. Ich hoffte, in der Menge meine Liebste zu finden, konnte sie aber nicht entdecken. Wo mochte sie sich versteckt haben? Hatte sie etwas mit dem Anschlag zu tun? Würde ich in die Geschichte hineingezogen werden, obwohl ich nichts getan hatte?

Ganz in meiner Nähe sagte jemand zu seiner Freundin, dass es sich seiner Meinung nach um einen falschen Alarm handle. Ich betete zu Gott, dass der Mann recht haben möge, trotzdem fühlte ich mich zwischen dem Gedanken an die Liebste und der Furcht vor der Explosion hin und her gerissen.

Es überfiel mich das sehnsüchtige Verlangen, meine Lieben wiederzusehen. Also machte ich mich, wie gewohnt zu Fuß, auf den Weg. Als ich das alte Haus sah, stürmten die Erinnerungen auf mich ein. Da ich keine Zeit verlieren wollte, stieg ich eilends die Treppe hinauf. Die Wohnung lag im obersten, dritten Stockwerk. Ich hatte gerade einmal anderthalb Treppen hinter mich gebracht, da überkam mich plötzlich ein Schwächeanfall. Ich wusste, dass es besser wäre umzukehren, aber das widersprach meiner eigensinnigen Wesensart. Zäh und verbissen stieg ich Stufe um Stufe hinauf, bis ich schließlich fast oben war. Es herrschte absolute Stille. Ich verharrte ein wenig auf dem Treppenabsatz, wusste ich doch, dass mich nur noch zehn Stufen von der Tür trennten. Ich wollte mich wieder in Bewegung setzen, da entdeckte ich voller Schrecken, dass anstelle der letzten zehn Stufen ein tiefer Abgrund klaffte. Mein Herz pochte wild aus Angst um meine Lieben.

Obwohl es kein Weiterkommen gab, hielt mich ein letzter Funke Hoffnung davon ab umzukehren. Ich starrte die Tür an, hinter der sich nichts regte. Mitten in die Totenstille hinein schrie ich und schrie und schrie.

Er war ein Freund, wie man ihn nur selten findet. Wir bewunderten seine geistreiche, witzige, wortgewandte Art. Er war ein wunderbarer Geschichtenerzähler, aber er zeigte auch viel Talent beim Singen und Tanzen. Wir verbrachten in unseren jungen Jahren viele schöne Stunden mit ihm. Aber eines Tages wollte es das Schicksal, dass ihm ein höchst ehrenvolles Amt angetragen wurde. Damit sollte er in eine Position aufsteigen, die in unserem Land mit Ruhm und Würde verbunden war. Wir hatten unsere Zweifel, ob er der lustige Geselle bleiben würde, und nicht lange, und er selbst sollte unsere Befürchtungen bestätigen. Er wolle sein Leben, so seine Worte, von A bis Z ändern. Keiner von uns stellte ihm bohrende Fragen, wir schickten uns in Gottes Willen.

Begegneten wir ihm bei offiziellen Gelegenheiten, grüßte er äußerst gesetzt und zurückhaltend. Wir reagierten betroffen, wurde er uns doch immer fremder. Die enge Beziehung von einst würde es wohl nie wieder geben. Wir hörten von ihm nur noch, wenn öffentlich bekannt gemacht wurde, dass irgendwelche Posten umbesetzt worden waren oder es Beförderungen gegeben hatte. Im Lauf der Zeit kamen wir immer seltener auf ihn zu sprechen, und irgendwann hatten wir ihn fast ganz vergessen. Aber das Schicksal wollte, dass wir ihm noch einmal begegneten, nämlich an dem Tag, als das Land seinen neuen Nationalfeiertag beging.

Voller Freude schauten wir uns den Festzug an. Es spielte eine Blaskapelle, begleitet von Pauken und Trommeln, und dann zogen die verschiedenen Ehrenformationen an uns vorbei – zuerst die der Armee, dann die der Polizei, und schließlich folgte die Wagenkolonne der Regierung. Wie wir es nicht anders erwartet hatten, gehörte unser Freund dazu. Allerdings trauten wir unseren Augen nicht, zeigte er sich doch in einem Aufzug, der schier unglaublich war: Er ritt auf einem Esel. Welch ein schreiender Kontrast zwischen seinem Transportmittel und seiner eleganten Kleidung! Kein Wunder, dass die Leute, wo immer er sich zeigte, laut zu lachen anfingen. Und was tat er? Er schaute nicht nach rechts und nicht nach links. Unbeirrt und ohne auch nur einen Hauch seiner Würde zu verlieren, zog er dahin.

Das alte Haus in Abbassija füllte sich mit all den Vögeln, die ausgeflogen waren – meinen Brüdern und Schwestern. Wir hatten uns verabredet, unsere Mutter zu besuchen. Als alle eingetroffen waren, baten sie mich, aus dem berühmten Fischrestaurant etwas zu essen zu holen. Ich ging hin, gab meine Bestellung auf, und da ich einige Zeit warten musste, suchte ich mir einen Platz. Der einzige freie Tisch war der gleich neben der Tür. Kaum hatte ich mich gesetzt, kamen zwei Frauen. Wahrscheinlich handelte es sich um Mutter und Tochter, denn die eine Frau war gegen sechzig und die andere so an die zwanzig. Sie nahmen an meinem Tisch Platz. Als der Kellner ihnen das Essen servierte, luden sie mich ein, an ihrem Mahl teilzuhaben. Das war an sich schon unüblich genug, aber noch viel ungewöhnlicher war, dass ich schweigend der Einladung folgte und zu essen begann. Es dauerte nicht lange, bis der Kellner meine Bestellung brachte. Ich nahm das Päckchen, stand auf und verließ das Restaurant, ohne mich bei den zwei Frauen zu entschuldigen oder ihnen zu danken. Auf der Straße stieß ich zufällig auf meinen verstorbenen Freund A. Sch. Ich freute mich, ihn zu sehen, und um höflich zu sein, bot ich ihm das Päckchen an. Er nahm es tatsächlich. Ohne ein Wort zu sagen, verschwand er hinter einer Tür, die mit lautem Knall zuschlug. Ich fand sein Benehmen befremdlich, blieb mir doch nun nichts anderes übrig, als in das Restaurant zurückzukehren und meine Bestellung nochmals aufzugeben. Die zwei Frauen waren beim Dessert angelangt. Wieder luden sie mich ein, und ich setzte mich, ohne zu zögern, an ihren Tisch. Die ältere Frau erzählte mir, dass sie in die Baina-l-Sarajat-Straße gehen wollten, aber nicht wüssten, wie sie dahin kommen sollten. Ich bot ihnen an, sie zu begleiten. Wir machten uns auf den Weg. Während wir durch Abbassija gingen, dankten sie mir ein ums andere Mal. Wir kamen ins Plaudern, und schließlich waren wir so ins Gespräch vertieft, dass wir an der Baina-l-Sarajat-Straße vorbeigingen. Ich hatte alles vergessen – meine Bestellung im Restaurant und die wartenden Geschwister in dem alten Haus in Abbassija.

Wieder einmal sah ich mich in dem alten Haus in Abbassija. Offenbar hatte ich schlechte Laune, denn nichts blieb von meiner Kritik verschont. Die Wände müssten gestrichen werden, nörgelte ich, der Holzfußboden sei morsch, und die Möbel sähen schrecklich aus. Aus der hintersten Ecke der Wohnung hörte ich meine Mutter heiter und gelassen rufen, dass es für mich an der Zeit sei, mir eine Wohnung zu suchen, die nach meinem Geschmack sei.

Plötzlich befand ich mich in einer anderen Zeit und an einem anderen Ort. Ich stand in einer Eingangshalle mit vielen Türen. Zahlreiche Menschen liefen geschäftig hin und her, woraus ich schloss, dass das eine Behörde sein musste. Ich fand meine Vermutung bestätigt, als mein verstorbener Kollege H. A. auf mich zukam und mir mitteilte, der Minister wünsche mich zu sprechen. Auf der Stelle eilte ich zu seinem Büro. Ich klopfte und bat, eintreten zu dürfen. Er nickte, aber nicht lächelnd wie sonst, sondern eher mürrisch. Ohne lange Umschweife erklärte er, dass er von mir geträumt habe. Ich hätte die Revolution und ihren Führer kritisiert, und das würde ihm sehr missfallen. Aber nein, widersprach ich, ich sei ein glühender Verteidiger der Revolution, auch wenn ich mir bisweilen wünschte, dass die revolutionären Prinzipien noch besser durchgesetzt würden, um Verzögerungen und Rückschläge zu verhindern.

Wieder sah ich mich in einer anderen Zeit und an einem anderen Ort. Ich war ein Junge und schlenderte auf dem Bait-al-Kadi-Platz umher. Einer meiner Freunde kam und lud mich zur Hochzeit seines ältesten Bruders ein. Sein Bruder habe Saad Zaghlul als Ehrengast eingeladen, und der habe tatsächlich zugesagt und versprochen zu kommen. Völlig verblüfft erklärte ich, dass ich das nicht glauben könne. Saad Zaghlul sei ja nicht nur der Ministerpräsident, sondern der Führer der Nation. Die Familie meines Freundes gehöre weder zu dessen Verwandtschaft noch zu dessen Mitkämpfern.

Sicher sei Saad Zaghlul der Führer der Nation, erklärte mein Freund, und gerade deshalb habe er ein Herz für die einfachen Leute. Ich solle nur kommen und mich selbst überzeugen.

Ich fand mich zur verabredeten Zeit in der Karmaz-Gasse ein. Mein Freund führte mich in einen Raum, und da saß ganz vorn tatsächlich Saad Zaghlul. Er war festlich gekleidet und redete zwanglos mit dem Brautpaar. Ab und zu lachte er laut. Ich war wie hypnotisiert und konnte den Blick nicht von ihm lösen. Was ich da sah, sollte sich für immer und ewig in meinem Gedächtnis festsetzen.

Britische Soldaten füllten das riesige Spielfeld, das sich auf der anderen Straßenseite befand. Staunend, aber auch ein wenig verängstigt schauten wir zu, wie sie sangen und tanzten. Sie waren nicht nur in unserer Straße zu sehen, sondern auch in den Seitenstraßen.

Wir hatten lange überlegt, aber schließlich stand fest, dass wir in ein anderes Viertel umziehen würden. Da wir kein frei stehendes Haus fanden, begnügten wir uns mit einer Wohnung in einem großen Gebäude. Es kostete uns viel Mühe, sie nach unserem Geschmack herzurichten. Eines Tages, als wir uns nach getaner Arbeit endlich ein wenig Ruhe gönnen konnten, hörten wir ein seltsames Geräusch – es klang wie das Rascheln von Mäusen. Allein schon der Verdacht verdarb uns die Stimmung. Aber noch bevor wir überlegen konnten, was in diesem Fall zu tun sei, klopfte es an der Tür. Als ich sie öffnete, standen mehrere Männer da, die mit Stöcken bewaffnet waren. Sie wohnten ebenfalls in dem Haus, erklärten sie, und verfolgten einen Dieb, der, wie sie glaubten, sich in unserer Wohnung versteckt halte. Sie stürmten herein und durchsuchten alle Zimmer. Nachdem sie für ein heilloses Durchcinander gesorgt hatten, zogen sie mit den Worten, dass sie niemanden gefunden hätten, wieder ab. Wir schauten uns verärgert an. Wenig später hörten wir erneut das seltsame Geräusch. Mich packte der Zorn, und ich rief, dass es mir nun reiche: »Meinetwegen kann es eine Maus, ein Dieb oder ein Dämon sein, ich mache die Tür nicht mehr auf!«

Wir wohnten in dem alten Haus im dritten Stock. Die Nachbarin aus dem zweiten Stock, die meine Mutter sehr mochte, war mit ihrer hübschen Tochter zu Besuch gekommen. Sie hatten im Wohnzimmer Platz genommen, und da unsere Familien befreundet waren, durfte ich mich dazusetzen.

Während die beiden Frauen plauderten, tauschten das Mädchen und ich heimliche Blicke aus. Die Nachbarin hatte das offenbar bemerkt, denn als meine Mutter kurz aus dem Zimmer ging, flüsterte sie mir zu, dass wir beide doch ruhig in ihre Wohnung gehen könnten. Unter guten Nachbarn sei das so üblich. Ich war zwar ein wenig verdutzt, aber das schmälerte nicht meine Freude. Wir gingen hinunter. Kaum fiel hinter uns die Tür zu, zog ich das Mädchen an mich. Zu mehr kam ich nicht, denn auf einmal stürmten unter großem Lärm alte und junge Frauen und Männer herein und verteilten sich auf die Zimmer. Als Letzter erschien ein Sicherheitsmann. Er postierte sich an der Tür und erklärte, dass er das Gesetz hüte. Ich glaubte den Verstand zu verlieren, vor allem als ich obendrein noch mit ansehen musste, wie die Eindringlinge in allen Zimmern tanzten und sangen. Ich schaute mich Hilfe suchend nach der Tochter des Hauses um – sie lächelte heiter. Von Panik erfasst, beschloss ich zu fliehen. Aber an der Tür stand noch immer der Sicherheitsmann. Der Schreck fuhr mir in die Beine, ich war wie gelähmt.

Unter einem Baum mit dichtem Blattwerk saß mein Jugendfreund, der sein Leben für das Vaterland geopfert hatte. Obwohl sein Heldentod schon Dutzende Jahre zurücklag, sah er gesund und munter aus. Bei seinem Anblick ging mir vor Freude das Herz auf. Ich wollte zu ihm stürzen, aber da hob er den Stock in seiner Hand, als wollte er mich abwehren. Ich rief ihm zu, dass wir doch alte Freunde seien, doch das kümmerte ihn nicht. Er sprach nur davon, dass er es nicht mehr ertrage, ständig den Müllberg sehen zu müssen. Dann warf er den Stock weg und ging.

Ich war traurig, aber gleichzeitig verspürte ich auch neue Lebenskraft. Ich nahm den Stock und eilte zu dem Müllberg. Mit kräftigen Schlägen hieb ich auf ihn ein. Tiefe Furchen öffneten sich, und plötzlich drangen aus den Furchen Männer und Frauen hervor. Sie sahen nicht wie Müllsammler aus, nein, sie waren sauber gekleidet und machten einen gepflegten Eindruck. Kaum sahen sie den Stock in meiner Hand, liefen sie erschrocken davon. Bei jedem Schlag wuchs meine Überzeugung, dass die Sonne morgen über einer grünen Welt mit reiner Luft aufgehen würde.

Kaum war ich mit meinem Koffer in die ruhige Seitenstraße eingebogen, stürmten Erinnerungen auf mich ein. Die Freude über die Heimkehr war nicht ungetrübt, denn ich erwartete, mir wegen meiner langen Abwesenheit Vorwürfe anhören zu müssen. Für diesen Fall hatte ich mir ein paar passende Entschuldigungen zurechtgelegt.

Ich betrat das Haus, stieg die vier Stufen hinauf und drückte freudig erregt auf die Klingel. Die Tür ging auf – vor mir stand ein fremder Mann. Er trug einen bequemen Gilbab, woraus ich schloss, dass er hier wohnte. Im Nu erlosch meine heiße Vorfreude, hatte ich doch das Gefühl, in eiskaltes Wasser gestürzt worden zu sein. Ich suchte fieberhaft nach einer Ausrede, mit der ich mich aus dieser peinlichen Situation retten konnte. Hastig erklärte ich, auf der Suche nach einem Lehrer namens Soundso zu sein, aber ich hätte mich wohl im Haus geirrt.

Der Mann starrte mich misstrauisch an, dann sagte er: »O nein, das ist seine Wohnung. Wen darf ich bitte melden?«

Ich begriff, dass er meine Ausrede durchschaut hatte. Vor lauter Verlegenheit brachte ich kein Wort heraus.

»Unverschämter Lügner!«, schrie der Mann. »Lügt mich genauso frech an, wie all die anderen, die vorher hier schon aufgetaucht sind!«

Voller Entsetzen machte ich kehrt und stürzte so schnell die Stufen hinunter, dass ich fast das Gleichgewicht verloren hätte. Der Koffer fiel herunter – eine Flasche Wein und ein Pappteller mit Kebab kamen zum Vorschein. Aber das kümmerte mich nicht, war ich doch einzig und allein von dem Gedanken beherrscht, so schnell wie möglich zu verschwinden.

Was für ein gewaltiger Trauerzug! Es war mir nicht klar, wie ich da hineingeraten war. Ich kannte niemanden, nicht einmal den Verstorbenen. Aber das Seltsamste war, dass dieser Trauerzug nicht den Weg zum Friedhof nahm, sondern in Richtung der Bahngleise schritt. Wir überquerten ein Gleis und blieben in der Mitte zwischen den Gleisen stehen, um kurz auszuruhen. Die Züge donnerten an uns vorbei, nach Norden und nach Süden. Zwischen den Trauernden kam ein Streit auf. Eine Gruppe wollte in nördliche Richtung weitergehen, die andere in südliche Richtung. Jede Partei war überzeugt, dass die von ihnen bestimmte Richtung dem Wunsch des Verstorbenen entsprach. Ein Mann, der Ansehen zu genießen schien, erinnerte die Trauernden daran, dass der teure Tote zu den rechtgläubigen Freunden Gottes gehört hätte und es niemandem gestatten würde, seinen Leichnam in eine Richtung zu tragen, die ihm nicht recht sei. Diese Worte gaben den Ausschlag. Als Erste versuchte die Südpartei die Bahre anzuheben, doch sie hatte keinen Erfolg. Dann wollte die Nordpartei ihr Glück versuchen, aber auch sie scheiterte. Da erkannten die Trauernden, dass der fromme Tote an dieser Stelle, zwischen Norden und Süden, ruhen wollte.

Ich sass auf der Terrasse des kleinen Hotels und schaute auf das Meer. Ungeduldig wartete ich auf meine Liebste und konnte deshalb die schöne Aussicht kaum genießen. Nach einer Weile kam der Hoteldirektor, ein Jugendfreund von mir, und sagte, dass mir ein Spaziergang bestimmt guttun würde. Ich ging hinunter ans Meer und lief auf und ab. Plötzlich entdeckte ich meine Liebste im Wasser. Sie schwamm mit einer Schar junger Leute um die Wette, aber auf einmal war sie mit einem der Burschen hinter einem Fels verschwunden. Das versetzte mir einen Stich ins Herz, und ich versank in tiefe Trauer. Da trat mein Jugendfreund an mich heran und sagte: »Sei nicht traurig, das ist der Lauf der Welt.«

»Du weißt, dass ich vieles kann«, murmelte ich, »aber Schwimmen habe ich nie gelernt.«

Er führte mich in einen stillen Winkel des Hotels. Niedergeschlagen setzte ich mich hin und hing meinen trüben Gedanken nach. Auf einmal tauchte meine Liebste auf, mit strahlendem Gesicht kam sie auf mich zu. Ich sprang auf und wollte meiner Wut Luft machen, aber da geschah etwas völlig Unerwartetes und Unbegreifbares – mein Kummer war wie weggeblasen, und ich war plötzlich außer mir vor Freude. Es war, als hätten wir uns nie aus den Augen verloren.

Wir schlenderten in der Stadt herum, das hatte uns immer Spaß gemacht. Als wir an einem Geschäft mit Geschenkartikeln vorbeikamen, gingen wir, ohne zu zögern, hinein und hielten auf die Abteilung mit Verlobungs- und Hochzeitsgeschenken zu. Meine Liebste betrachtete staunend all die schönen Dinge, und schließlich sagte sie: »Wir haben nicht genug Zeit.«

»Wir haben alle Zeit der Welt«, erwiderte ich.

Wir, meine Mutter, meine vier Schwestern und ich, ließen uns in dem alten Wohnzimmer nieder. Kaum war die Tür ins Schloss gefallen, brachen meine Schwestern und ich in lautes Wehklagen aus. Unsere Mutter versicherte, ja, schwor, dass alles, was sie gesagt oder getan habe, aus reiner Liebe geschehen sei.

Wie aus einem Mund riefen wir: »Warum ist dann so viel Schreckliches passiert?«

Vorwurfsvoll erwiderte unsere Mutter: »Für vieles seid ihr selbst verantwortlich. Ihr solltet nicht ständig behaupten, dass es das Schicksal so wollte.«

Eine Kutsche, in der ein bezauberndes Wesen saß, kam die Karmaz-Gasse entlang. Gezogen wurde die Kutsche von einem geflügelten Pferd. Ich sprang auf, setzte mich hinter die Schöne, und gleich darauf breitete das Pferd die Flügel aus, und wir flogen über die Dächer und Minarette. Binnen weniger Sekunden erreichten wir die Pyramiden. Wir kreisten über der Spitze der großen Pyramide, aber auf einmal geriet ich ins Taumeln und fiel auf die Steine. Ich konnte den Blick nicht von der Zauberin lösen; unverwandt schaute ich ihr nach, während sie höher und höher stieg. Die Nacht senkte sich hernieder, und in der Finsternis sah ich am Firmament einen gleißenden Stern strahlen.

Ich sah mich die Strasse entlanggehen, die ich in der verheißungsvollen Zeit der Jugend die »Straße der Liebe« genannt hatte. Ich kam an prunkvollen Villen und duftenden Gärten vorbei, doch von dem Schloss meiner Angebeteten von einst fand sich keine Spur. Dort, wo es gestanden hatte, befand sich nun eine prächtige Moschee mit hoch aufragenden, eleganten Minaretten. Ich war bestürzt, und während ich noch ganz benommen dastand, rief der Muezzin zum Abendgebet. Da zögerte ich nicht lange und betrat die Moschee. Nach dem Gebet verharrte ich noch ein wenig, als könnte ich mich von dem Ort nicht trennen. Schließlich trat ich als Letzter hinaus. Vor dem Tor stellte ich verwundert fest, dass meine Schuhe verschwunden waren. Ich musste also sehen, wie ich mit dieser misslichen Situation zurechtkam.

Eine Strassenbahnhaltestelle. Ich war mir nicht sicher, ob ich dort stand, weil ich auf meine Bahn wartete oder weil ich heimlich eines der Fenster beobachtete und darauf hoffte, noch einmal das Gesicht zu erblicken, das schön wie der Mond war. Ein unbändiges Verlangen trieb mich immer wieder dorthin. Es fiel sogar meinen Freunden auf, und manch einer fragte mich, wie lange ich dieses trostlose Herumstehen noch auf mich nehmen wolle. Es war, als befände ich mich auf einem Weg, den das Schicksal mir auferlegt hatte und den ich, ob ich wollte oder nicht, gehen musste. Der Weg war beschwerlich und länger, als ich es mir je hätte vorstellen können. Kehrte ich zwangsweise an den Ausgangspunkt zurück, bot sich meinen Augen immer der gleiche Anblick – ein Viereck, das stumm blieb. Keine Fragen, keine Antworten. Trotzdem stand ich unter dem Fenster. Ich achtete nicht auf die Passanten, bis ich eines Tages ein Flüstern vernahm, in das sich unterdrücktes Lachen mischte. Jemand fragte: »Was mag es mit dem Mann auf sich haben, der ständig unter dem Fenster steht?«

Eine kichernde Stimme antwortete: »Er trauert einer Liebe nach.«

Ich hatte den Auftrag, dem verstorbenen Doktor Husain Fauzi einen Brief zu überbringen. Als ich vor ihm stand, sagte ich ihm, dass der Brief das Angebot enthalte, mit einem deutlich höheren Gehalt in den Dienst zurückzukehren. Außerdem würde man ihm ein prächtiges Büro einrichten.

Er lachte. Ihn interessiere weder das Gehalt noch das Büro, erwiderte er. Das Einzige, worauf es ihm ankomme, sei, dass man seinen Ideen und seinem Ansehen Achtung erweise.

Ich kehrte in der Überzeugung zurück, dass meine Mission gescheitert war.

Jeder im Dorf wartete auf den Brief, der über sein Schicksal entscheiden sollte. Eines Tages war es für mich so weit. Ich öffnete den Brief und las, dass ich zum Tod durch den Strang verurteilt sei. Wie üblich verbreitete sich die Nachricht in Windeseile. Die Mitglieder des Dorfklubs kamen zusammen und verkündeten schließlich, dass das Ereignis zu gegebener Zeit gefeiert werde. Bei mir zu Hause, wo ich mit meiner Mutter und meinen Brüdern und Schwestern lebte, herrschte eitel Freude. An dem lang erwarteten Tag schlugen im Dorf die Trommeln. Festlich angezogen und umringt von meinen Lieben, trat ich aus dem Haus. Aber plötzlich benahm sich meine Mutter sonderbar, sie fing an zu weinen. Wäre es unserem Vater doch nur vergönnt gewesen, schluchzte sie, diesen glücklichen Tag zu erleben.

In einem Park kam eine etwa sechzigjährige Frau auf mich zu. Mit finsterer Miene fuhr sie mich an: »Deinetwegen habe ich den Preis nicht bekommen.«

Ich erinnerte mich an die Frau; sie hatte immer so traurig ausgesehen. Es war mir unbegreiflich, warum sie derart wütend auf mich war. Noch bevor ich etwas sagen konnte, fuhr sie fort: »Die Jury hat meinen Roman mit dem Argument abgelehnt, dass er das Plagiat eines deiner Romane sei, der vor vierzig Jahren gedruckt wurde.«

Darum geht es also, dachte ich. Die Ärmste scheint immer noch vom Unglück verfolgt zu sein.

»Ich habe der Jury geschworen, dass das nicht der Fall ist, und zwar aus einem einfachen Grund: Mein Roman ist eine Autobiografie.«

»Völlig richtig«, erwiderte ich erregt. »Ich war es, der beim Schreiben des Romans bestimmte Ereignisse deines Lebens, die mit mir zu tun hatten, verwendet hat. Ich habe dir damals ziemlich übel mitgespielt.«

Sie lachte höhnisch. »Da freue ich mich aber, dass ich dir nun endlich in der Realität zum Opfer gefallen bin, und nicht mehr nur in der Fiktion.«

Das Haus war fertig gebaut – ein Glanzstück des Architekten. Von überall her kamen Interessenten, die es gern gekauft hätten. Das Feilschen begann, es wurde heiß gestritten. Plötzlich bahnte sich ein Riese von Mensch einen Weg durch die Menge. Mit donnernder Stimme rief er: »Mit Gewalt geht alles!«

Verängstigt wichen die Leute zurück. Nur einer wagte es, sich ihm in den Weg zu stellen. Es kam zu einem erbitterten Kampf, der ein schnelles Ende fand. Der Riese versetzte seinem Gegner einen kräftigen Schlag ins Gesicht, worauf der ohnmächtig zu Boden ging. Dann stürmte er in das Haus und verriegelte Türen und Fenster. Die Menge harrte stundenlang aus in der Hoffnung auf eine Gelegenheit, Rache zu nehmen. Das Haus zu stürmen, wagte niemand, aber fortgehen wollte auch keiner.

Alles begann mit dem Wagen. Kräftig, wie ich war, schob ich ihn heiter gestimmt vor mir her. Als eines Tages ein kleines Mädchen auf der Ladefläche Platz nahm, machte ich mich noch fröhlicher an die Arbeit. Aber dann stiegen immer mehr Menschen auf, es wurde voller und voller. Meine Kräfte erlahmten, ich fühlte mich schwach und elend. Ich war entschlossen, bei der erstbesten Gelegenheit den Wagen stehen zu lassen. Die Leute sahen, wie ich litt, aber es dauerte Tage, bis sich der Wagen leerte. Endlich stand er wieder ohne Last da, nur ich war nicht mehr der Gleiche. Vor Schwäche versagten mir die Beine den Dienst. Ich stellte den Wagen in eine Ecke und legte mich neben ihm nieder.

Ich sass in einem elegant eingerichteten Salon. In der Hand hielt ich eine goldene Schüssel, die mit lauter Leckereien gefüllt war. Wehmütig dachte ich an die schönen Abende zurück, die ich im Kreis der nun schon lange verschiedenen Freunde verbracht hatte. Auf einmal hörte ich schallendes Gelächter, ja, so hatten sie damals auch gelacht. Gleich darauf sah ich sie alle kommen. Wir begrüßten uns herzlich, und sie bewunderten die goldene Schüssel und die Köstlichkeiten. Ich war glücklich, aber das sollte sich jäh ändern. Nein, sagte ich, ich könne nicht mit ihnen feiern. Die Ärzte hätten mir strikt das Rauchen verboten. Sie schauten mich verdutzt an, und schließlich fragte einer von ihnen spöttisch: »Hast du etwa noch immer Angst vor dem Tod?«

Auf dem Dach eines Nachbarhauses hatte jemand wertvolle Möbel so hingestellt, dass sie Zimmer bildeten. Auf meine Frage, was das bedeute, sagte jemand, der Hausbesitzer habe in seinen Räumlichkeiten ein Kulturinstitut eingerichtet und wohne deshalb auf dem Dach. Ich fand das großartig und bewunderte den Mann. Auf der Stelle entschloss ich mich, mir eine seiner Vorlesungen anzuhören. Als ich den Raum betrat, war ich erstaunt, wie viele Menschen gekommen waren. Der Mann erklärte, dass er heute über den Stier sprechen wolle, der auf seinem Horn den Erdball trägt. Ich fand das höchst merkwürdig und musste lachen. Alle drehten sich zu mir um und starrten mich wütend an. Der Mann hielt in seiner Rede inne, bedachte mich mit einem drohenden Blick und wies mit dem Finger auf die Tür.

Plötzlich standen fünf Männer mit gezogenen Messern vor mir. Sie raubten mein Geld, und genauso schnell, wie sie aufgetaucht waren, verschwanden sie auch wieder. Trotzdem blieben mir einige auffällige Gesichtszüge im Gedächtnis haften. Von da an vermied ich Seitenstraßen, auch wenn ich feststellen musste, dass selbst eine Hauptstraße ihre Tücken haben konnte. Eines Tages herrschte auf einer dieser Hauptstraßen ein solches Gedränge, dass ich nicht mehr vorankam. Beide Bürgersteige waren verstopft. Nicht lange, und eine Autokolonne rauschte an uns vorbei. Als der letzte Wagen passierte, entdeckte ich ein Gesicht, bei dessen Anblick mir mein Herz bis zum Halse schlug. Verwirrt murmelte ich: »Ach was, Hunderte sehen so aus.«

Endlich stand fest, wann die Reise beginnen konnte. Die Familie nahm die Nachricht voller Freude auf, und natürlich steckten mir nun alle Geld zu.

Ich suchte als Erstes den Schneider auf, wollte ich doch einen Anzug nach der neusten Mode besitzen. Als ich den Anzug abholen konnte, stellte ich fest, dass der Mann sein Bestes getan hatte. Nur er war noch nicht zufrieden. Er holte einen Turban hervor, setzte ihn mir auf den Kopf und sagte: »Jetzt ist der Anzug nach der neusten Mode.«

Ich stand vor dem Büro, in dem ich bis zu meiner Pensionierung mein Leben verbracht hatte. Ich empfand es immer als Glück, mit Kollegen zusammenzuarbeiten, die zu den Besten gehörten. Das Schicksal hatte es gewollt, dass ich sie alle auf ihrem letzten Weg begleitet hatte.

Ich öffnete vorsichtig die Tür und lugte hinein. Wie mochten wohl die jungen Leute aussehen, die nun unsere Plätze einnahmen? Der Anblick, der sich meinen Augen bot, ließ mich erstarren – da saßen meine alten Kollegen. Überglücklich stürzte ich hinein und rief: »Gottes Friede mit euch, meine Lieben!« Ich erwartete, dass sie überrascht aufschreckten, aber die Köpfe blieben gesenkt, und alle arbeiteten emsig vor sich hin. Enttäuscht trat ich ein paar Schritte zurück.

Der Feierabend kam, und meine Kollegen verließen den Raum, auch die hübsche Übersetzerin. Niemand nahm Notiz von mir. Da stand ich nun – allein in einem leeren Büro.

Ich stand auf dem Bürgersteig und spähte durch die Gitterstäbe in den Garten. Die Königin meines Herzens verteilte an ihre Verehrer Schokolade. Ich lief den Zaun entlang und erreichte keuchend das Tor. Ich stürzte durch den Garten, aber die Liebste war nirgendwo zu entdecken. So laut ich konnte, rief ich: »Ich liebe dich!« Unwillkürlich schaute ich hinaus auf die Straße – da stand sie, und zwar genau an der Stelle, von der aus ich sie beobachtet hatte. Sie hatte sich bei einem jungen Mann eingehakt, offenbar war es ihr Verlobter. Ich wollte den Garten verlassen, aber vor Schmerz über die vertane Chance war ich so erschöpft, dass ich keinen Fuß vor den anderen setzen konnte.

Kleine Häuser standen im Kreis um einen Hof, in dessen Mitte eine schlanke Dattelpalme aufragte. Am Nachmittag öffneten sich die Türen. Die Frauen traten heraus, scharten sich um die Palme und plauderten. Meistens drehte sich das Gespräch um die Töchter und deren Heirat. Ich hielt mich versteckt und lauschte begierig. Als die Sonne unterging, spürte ich, dass mir vor Hunger der Bauch schmerzte. Die Einzige, von der ich Hilfe erwarten konnte, war meine Spielgefährtin. Sie musste tatsächlich geahnt haben, wie hungrig ich war, denn plötzlich kam sie zu mir geschlichen. In der Hand hielt sie einen Teller, auf dem Schafskäse und Petersilie lagen. Während wir dem Geplauder der Frauen lauschten, machten wir uns gemeinsam daran, unseren Hunger zu stillen.

Eine Tribüne, ein Tisch, ein Richter. Auf der Anklagebank eine Schar nationaler Führer. Im Saal ein Zuschauer – ich. Ich wollte erfahren, wer das, was mit uns geschehen war, zu verantworten hatte. Aber verstört stellte ich fest, dass Richter und Angeklagte sich einer Sprache bedienten, die ich nie zuvor gehört hatte. Schließlich nahm der Richter eine straffe Haltung an, da er das Urteil verkünden wollte. Gespannt beugte ich mich vor. Aber was war das? Er wies auf mich und erklärte in arabischer Sprache, dass ich zum Tode verurteilt sei. Ich rief, ich hätte mit der Sache überhaupt nichts zu tun. Ich sei aus freien Stücken gekommen und lediglich als Zuschauer anwesend. Aber niemand kümmerte sich um mein Rufen.

Wir hatten das Haus geschmückt, um die Rückkehr des lang vermissten Sohns gebührend zu feiern. Er hatte es geschafft, in die Elite der Gesellschaft aufzusteigen. Den Abend verbrachten wir auf der Terrasse mit ihrem herrlichen Ausblick. Wir genossen die kühle Luft und lauschten den Liedern und Gedichten, mit denen uns der Heimgekehrte bis spät in der Nacht beschenkte.

Am Morgen entdeckte ich, dass die Terrassentür mit einem wuchtigen Schrank versperrt war. Ich geriet in Verlegenheit. Dem Sohn war deutlich anzusehen, dass er traurig war. Für ihn stand fest, dass die Menschen, die seinem Herzen am nächsten standen, seine Anwesenheit nicht ertrugen und seinen Aufstieg verachteten.

Endlich hatten wir im untersten Stock eines alten Hauses einen Unterschlupf gefunden. Aber schon nach kurzer Zeit stellte ich fest, dass die Wohnung feucht und wenig komfortabel war. Ich schaute mich in dem Haus um und entdeckte tatsächlich, dass im obersten Stockwerk auch eine Wohnung frei war. Die Räumlichkeiten waren in vielerlei Hinsicht angenehmer als die im untersten Stockwerk. Doch eines Tages setzte ein ungewöhnlich heftiger Regen ein, es goss und goss. Das Wasser drang durch die Decke, und wir mussten die Möbel zusammenschieben und abdecken. Wir flüchteten ins Treppenhaus. Als uns der Mieter, der nach uns in das unterste Stockwerk gezogen war, dort stehen sah, kam er zu uns. Er drängte uns, in seine Wohnung zu kommen. Dort könnten wir uns aufwärmen und brauchten keine Angst zu haben, dass es hineinregnete.

Was war mit der Wohnung geschehen? Wie sah es hier aus? Die Stuhlbeine waren festgenagelt, an den Decken fehlten die Lampen, an den Wänden die Bilder und auf dem Fußboden die Teppiche. Was hatte das zu bedeuten?

Man sagte uns, dass es sich um eine Vorsichtsmaßnahme handle. Da sich in letzter Zeit die Einbrüche in Wohnungen häuften, müsse man sich absichern. Ohne lange nachzudenken, erwiderte ich, dass ich es vorzöge, mit dem Gedanken an einen Einbruch zu leben als in einer ungemütlichen, chaotischen Wohnung.

Ich sah mich durch Abbassija schlendern, voll der schönsten Erinnerungen. Vor meinem inneren Auge erstand das Bild der verstorbenen Frau A., und es drängte mich danach, sie anzurufen und um ein Rendezvous am Brunnen zu bitten. Ich begrüßte sie sehnsüchtigen Herzens und schlug ihr vor, den Abend wie in alten Zeiten im Café Fischawi zu verbringen. Als wir das Café betraten, eilte der alte Meister auf uns zu, der längst gestorben war. Er begrüßte uns freudig, nicht ohne Frau A. dafür zu schelten, dass sie viel zu lange abwesend gewesen sei. Sie wäre ja gern gekommen, erwiderte sie, aber der Tod hätte sie daran gehindert.

O nein, meinte er, das sei nun wirklich keine Entschuldigung. Menschen, die sich lieben, könne der Tod niemals trennen.

Alle Männer des Viertels ließen sich im Salon von Amm Abduh nur deshalb die Haare schneiden, weil hinter der Kasse diese schöne junge Frau saß. Wir wünschten uns, genug Geld zu haben, um uns in dem Salon zusätzlich auch jeden Morgen rasieren zu lassen. Eines Tages spazierte ich eine ruhige, saubere Straße entlang. Plötzlich kam mir die Schöne entgegen. Als sie dicht bei mir war, drehte sie sich blitzschnell zu mir um und streckte mir die Zunge heraus. Im nächsten Moment sah ihr Gesicht unbewegt wie ein dickes Stück Holz aus. Ich fuhr erschrocken zusammen und suchte das Weite. Ein grelles Lachen verfolgte mich, und als ich mich umdrehte, sah ich, dass die Schöne und der Friseurmeister übermütig davontanzten.

Was für eine seltsame Beileidsbekundung! Geschrieben stand, dass der Verstorbene ein treuer Freund gewesen sei, der an seinem Schicksal zerbrochen sei. Obwohl er unendlich viele Werke verfasst habe, sei er bei den Lesern völlig unbekannt geblieben. Zur Trauerfeier erschienen einige Bekannte, dazu gesellten sich Schaulustige. Immer mehr Leute schlossen sich an, und als das Ehrengeleit den Friedhof erreicht hatte, war aus der kleinen Trauergemeinde ein solch gewaltiger Zug von Menschen geworden, wie man es bei einem Begräbnis noch nie erlebt hatte. Die Abenddämmerung hatte sich noch nicht gesenkt, da war der Name des Verstorbenen in aller Munde.

Es war ein schwerer, anstrengender Weg, und als ich ihn endlich hinter mich gebracht hatte, stand ich vor einem geschlossenen Tor. Mit letzter Kraft schob ich es auf – vor mir lag ein See, aus dem Raketen aufstiegen. Mit jeder Rakete, die das Firmament erreichte, trat aus der Finsternis ein geliebtes Gesicht hervor. So kam es, dass sich der Himmel mit all den Wesen füllte, die mir einst lieb und teuer gewesen waren. Doch ein Gesicht fehlte, jenes, das mich die Liebe gelehrt und mir die Ewigkeit verheißen hatte. Auf dieses Gesicht wartete ich, würde ich immer warten.

Der neue Minister trat sein Amt an. Ich ging sogleich zu ihm und stellte mich als sein parlamentarischer Sekretär vor. Er sah mich verständnislos an, also versuchte ich ihm zu erklären, wofür ich zuständig sei. Da fiel er mir ins Wort und beschimpfte mich unflätig, und gleich darauf ordnete er meine Versetzung an. Damit begann mein Leidensweg. Das Schicksal wollte es, dass der Minister und ich uns wieder begegneten. Der Ort hätte nicht besser gewählt sein können – es war das Gefängnis. Nachdem ich den ersten Schreck über die absurde Situation überwunden hatte, erinnerte ich ihn an unsere damalige Begegnung. Ich erzählte ihm, wie übel mir das Leben danach mitgespielt hatte. Er war zutiefst bekümmert und entschuldigte sich. Mit ihm an diesem sicheren Ort vereint, begann ich ihm nun in aller Ruhe zu erklären, welche Aufgaben ein parlamentarischer Sekretär zu erfüllen hat.

An ihrem ersten Arbeitstag kam das neue Dienstmädchen nicht allein, sondern in Begleitung etlicher Verwandter. Offenbar wollten sie sich überzeugen, dass dem hübschen Ding in dieser Familie kein Leid geschehen würde. Sie gingen wieder, aber zu unserer großen Verwunderung mussten wir feststellen, dass das Mädchen nach einer halben Stunde ebenfalls verschwunden war. Wir ärgerten uns und rätselten, was es damit auf sich haben könnte. Eines Abends sah ich, wie das Mädchen aus einem der benachbarten Häuser kam. Ihr Äußeres machte einen höchst unsittlichen Eindruck. Da begriff ich, was die Verwandten beim ersten Besuch hatten auskundschaften wollen.

Ich sass in einem Café. Der berüchtigtste Raufbold des Viertels steuerte auf meinen Tisch zu und setzte sich hin, ohne mich um Erlaubnis zu fragen. Nachdem ich ihn widerwillig begrüßt hatte, erklärte er, dass er vorhabe, mich mit seiner geschiedenen Tochter zu verheiraten. Ein Schauder überlief mich, trotzdem erklärte ich, dass das nicht ginge, weil ich am Wochenende meine Cousine heiraten würde. Sich seiner Stärke bewusst, erwiderte er im Brustton der Überzeugung: »Du heiratest meine Tochter, und deine Cousine werde ich heiraten.«

Ich sah mich die Corniche in Alexandria entlanggehen. Mein Ziel war ein Gebäude mit vielen Balkons. Auf einem dieser Balkons hatte ich von Weitem eine elegante Frau mit ihrem Gatten und ihren Söhnen stehen sehen. Je näher ich dem Ziel kam, desto mehr rückte die Szenerie wie von Zauberhand in die Ferne. Schließlich war sie auf wundersame Weise entschwunden, und ich stand auf einmal in der Abbassija-Straße in Kairo. Mein neues Ziel war das Haus mit den vielen Fenstern. An einem dieser Fenster hatte ich das Mädchen erblickt, dessen Anblick mir nie aus dem Kopf gegangen war. Aber an dem Fenster regte sich nichts, niemand war zu sehen. Ich beschloss, wie gewohnt an der Haltestelle zu warten. Doch zu meinem großen Erstaunen gab es keine Haltestelle, und selbst von den Schienen fehlte jede Spur.

Am Opernplatz angekommen, ging ich in Richtung des Cafés »Freiheit« weiter. Als ich es betrat, stellte ich verwundert fest, dass es bis auf einen Gast leer war. Der Mann beugte sich über irgendwelche Papiere, die er auf dem Tisch ausgebreitet hatte. Ich schaute genauer hin, und da erkannte ich ihn: Es war mein alter Lehrer, Scheich Mustafa Abd ar-Razik. Froh, diesen überaus liebenswerten Menschen vorzufinden, stürzte ich zu ihm. Aber wie enttäuscht war ich, als er sich umdrehte und mich mit einem kühlen, mürrischen Blick maß. Er wies auf die Papiere und sagte: »Ich habe unter den Belastungszeugen deinen Namen gefunden.«

Ich wusste nicht, was ich entgegnen sollte oder wie ich mich entschuldigen konnte.

Wir kamen öfter an einem Ort zusammen, der sich zwischen den Feldern und der Hauptstraße befand. Eines Tages sagte mein Freund, dass dieser Platz nicht sicher sei. Von da an bemächtigte sich meiner eine beklemmende Angst. An einem Morgen weckte mich lautes Geschrei. Ich trat ans Fenster. Eine riesige Menschenmenge hatte sich zusammengerottet, und in den Gesichtern stand blanker Hass geschrieben.

Ich betrat die Wohnung und wich erschrocken zurück. Kein Möbelstück stand an seinem Platz, und eine Menge junger Leute, von denen ich keinen kannte, tobte durch die Räume. Sie nahmen mich nicht zur Kenntnis und ließen sich nicht stören. Mir stockte der Atem, und bestürzt trat ich auf den Balkon hinaus. Ich schaute auf den riesigen Baum im Nachbargarten, auf dessen Ästen sich Scharen von Vögeln niedergelassen hatten. Sie trällerten und zwitscherten, und es ging munter zu. Das lustige Treiben und der Gesang ließen mich allen Verdruss vergessen.

Der neue Minister war ein guter Freund von uns. Also gingen wir zu ihm, um ihm zu gratulieren. Er hieß uns herzlich willkommen und dankte uns. Es hatten sich noch andere Bekannte aus früheren Zeiten eingefunden, und so war es nicht verwunderlich, dass wir die Jugendzeit heraufbeschworen. Am nächsten Morgen wurde im Radio verkündet, dass eine militärische Operation begonnen habe. Als wir das Büro des Ministers betraten, sagte er nur: »Seid nicht zu überschwänglich mit euren Hoffnungen, solange ihr nicht wisst, was auf uns alle zukommt.«

Am Abend trafen wir uns immer im Garten einer Villa, um uns frei und unbeschwert unterhalten zu können. Wir wussten nicht, wie uns geschah, denn plötzlich trat uns der Besitzer der Villa völlig verändert gegenüber. Er wollte alles ganz allein bestimmen – wo wir uns hinsetzten, worüber geredet wurde, was wir aßen und was wir tranken. Zuerst hielten wir das für einen Scherz, aber als er sich immer despotischer verhielt, wurde uns der Ernst der Lage klar. Natürlich ärgerten wir uns, aber es war uns peinlich, ihm das offen zu zeigen. Eines Abends konnte sich ein Freund nicht länger beherrschen und schrie ihn wütend an. Da zog der Besitzer der Villa einen Revolver aus der Tasche und richtete ihn auf uns. Wir sprangen auf, und während wir eilends das Weite suchten, verfolgte uns ein Schwall von Flüchen und Verwünschungen.

Der Laden, in dem es Geschenkartikel zu kaufen gab, strahlte in hellem Glanz. Aber was ihn noch prächtiger machte, war die Verkäuferin – eine junge Frau, die ein Ausbund an Schönheit war. Gleich in der Nähe befand sich ein kleiner Imbiss. Ich aß einen Sandwich, zündete mir eine Zigarette an und schaute zu dem Laden hin, um mich an dem Anblick der jungen Frau zu erfreuen. Aber plötzlich war sie verschwunden, und statt ihrer saß da eine alte Frau. Ich war enttäuscht, auch wenn ich immer noch hoffte, sie in einem Winkel des Ladens zu entdecken. Doch meine Enttäuschung sollte sich jäh in Betroffenheit wandeln, als mein Blick auf einen Spiegel fiel, der über der alten Frau hing. Ich sah einen schwachen, alten Mann, der sich mühsam auf einen Stock stützte.

Ich hatte mir fest vorgenommen, beharrlich zu bleiben und den Aufstieg zu bewältigen. Als ich den Gipfel tatsächlich erreicht hatte, empfand ich das Gefühl, mir etwas Ruhe gönnen zu dürfen, als sehr beglückend. Ich sah, wie ein kleiner Junge mühevoll darum kämpfte hinaufzukommen. Er tat mir leid, und so streckte ich ihm meine Hand hin. Er griff nach ihr und hielt sie fest, aber im gleichen Moment spürte ich, dass er mich mit aller Macht hinunterziehen wollte. Um ihm zu entkommen, ließ ich mich fallen und rollte beiseite. Ich rollte und rollte, und nichts konnte mich mehr aufhalten.

Mitten in der Stille der Nacht weckten mich Stimmen auf, die nach mir riefen. Trotz meiner Benommenheit wurde mir bewusst, dass es die Stimmen von Freundinnen aus alten Zeiten waren. Mit ihren Rufen wollten sie mich an Verabredungen erinnern, die ich nicht eingehalten hatte. Ich warf mir einen Morgenmantel über und rannte hinaus. Aber die Straße lag menschenleer da, eingehüllt in erhabenes Schweigen.

Wie gewohnt wollte ich mit ihr den Abend in einem Vergnügungslokal verbringen. Unterwegs bat ich sie, einen Moment zu warten, weil ich mir Zigaretten kaufen wollte. Als ich zurückkam, stand sie nicht mehr da. Bestimmt ist sie vorausgegangen, dachte ich, sie kennt ja das Lokal. Also machte ich mich ebenfalls auf den Weg, doch in dem Lokal war sie nicht zu sehen. Vielleicht ist sie aus Versehen in ein anderes Lokal gegangen, sagte ich mir. Ich lief los und zog von einem Ort zum nächsten. Ich suchte und suchte – und suche noch immer.

Plötzlich erfasste mich eine solche Sehnsucht nach meiner Familie, dass ich auf der Stelle zu dem alten Haus lief. Voller Erschrecken stellte ich fest, dass es in allen Räumen stockdunkel war. Hatten meine Lieben etwa daran Gefallen gefunden, im Finstern zu leben? Mit vorwurfsvoller Stimme rief ich jeden beim Namen – die Mutter, die Schwestern, den Vater, die Brüder. Aber niemand antwortete. Ich rief noch einmal und noch einmal und immer wieder, bis mir die Tränen übers Gesicht liefen.

Der Leichnam meiner Schwester ruhte auf dem Bett. Demütig standen meine Liebste und ich davor und lauschten auf den ergreifenden Gesang eines hübschen Mädchens, das auf dem Bett mit gekreuzten Beinen saß. Die Zeit ging dahin, und auf einmal lag meine Liebste tot auf dem Bett, und meine Schwester und ich standen demütig davor. Das hübsche Mädchen saß noch immer auf dem Bett und sang seine traurigen Lieder.

Ich schlenderte langsam eine lange Straße entlang, ohne darauf zu achten, was um mich herum geschah. Plötzlich spürte ich auf meiner Schulter den sanften Druck einer Hand. Ich drehte mich um und sah eine wunderschöne Frau vor mir stehen. Sie lächelte mich an, und da lächelte ich zurück. Leichten Schrittes ging sie auf ein hübsches, grün gestrichenes Haus zu, und ich beschloss, ihr zu folgen. Vorsichtig schaute ich mich um, um mich zu vergewissern, dass ich nicht beobachtet wurde. Genau in diesem Moment rückte eine Einheit Sicherheitskräfte an und riegelte die Straße ab. Ich kam nicht mehr weiter. Während ich regungslos dastand, löste sich mein Blick nicht von dem hübschen, grün gestrichenen Haus.

Alle Welt rühmte die Bilder einer Ausstellung, weil sie eine ganz besondere Eigenschaft besäßen: Sie änderten sich in ihren Motiven, wenn sich ihnen der Betrachter Schritt für Schritt näherte. Ich stellte mich vor ein Bild, auf dem ein prächtiger, dichter Wald zu sehen war. Als ich einen Schritt vortrat, verschwand der Wald und stattdessen bot sich mir der Anblick einer nackten Frau, deren Körper sehr reizvoll war. Wieder ging ich näher heran. Wo gerade noch die begehrenswerte Schöne zu bewundern war, tobte nun eine erbitterte Schlacht, bei der das ganze Arsenal an Waffen, Steine ebenso wie elektronische Geräte, zum Einsatz kam.

Was für ein Prachtweib! Kaum hatte ich die Frau erblickt, verliebte ich mich in sie und machte ihr den Hof. Aber plötzlich tauchte ihr Ehemann auf. Er fiel über mich her und war fest entschlossen, mich aufs Polizeirevier zu schleppen. Ein Mann, der in unserem Viertel dafür bekannt war, die absolute Freiheit zu predigen, drängte sich zwischen uns. Ich konnte entkommen, aber die Lektion, die mir der Ehemann erteilt hatte, prägte sich mir tief ins Gedächtnis ein. Fortan wollte ich mich bei Frauen zurückhalten. Eines Tages sah ich die Schöne wieder. Auf der Stelle wollte ich davonlaufen, aber sie hielt direkt auf mich zu. Sie trat an mich heran, lächelte und hakte sich bei mir unter. Leise flüsterte sie mir ins Ohr, dass sich ihr Mann dem Ruf nach absoluter Freiheit angeschlossen habe.

Vom Hof drang eine fremde Stimme zu mir herauf. Ich eilte hinunter. Da stand ein Mann, der auf mich einen verdächtigen Eindruck machte. Ich rief den Pförtner herbei und machte ihn auf die seltsame Person aufmerksam. Gelassen teilte er mir mit, dass es sich bei dem Mann um einen Beamten handle, der seine Pflicht tue. Die meisten Wohnungen seien überbelegt, und deshalb bringe er eine bestimmte Anzahl von Bewohnern in einer anderen, geräumigeren Unterkunft unter. Aber damit würde er doch Familien auseinanderreißen, protestierte ich, und dadurch Verzweiflung und Trauer über sie bringen. Außerdem ginge bestimmt keiner freiwillig mit, weil ihm klar sei, dass er als Fremder in der neuen Umgebung nicht willkommen sei.

So sei nun mal das Gesetz, erwiderte er, und gegen ein Gesetz könne man nichts ausrichten. Es bleibe einem nichts anderes übrig, als sich zu fügen.

Ich durchforschte das Dunkel der Vergangenheit, und da trat wie eine Lichtgestalt meine Liebste hervor. Fünfzig Jahre lang hatte ich sie missen müssen. Ich fragte sie nach dem Brief, den ich ihr vor einer Woche geschickt hatte. O ja, sagte sie, das sei ein wunderbarer Liebesbrief gewesen, aber sie habe der Handschrift entnommen, dass der Schreiber von schweren Ängsten geplagt sei, der Angst vor dem Leben, vor allem aber Angst vor der Liebe und der Ehe habe. Da sie von der gleichen Krankheit befallen sei, habe sie es vorgezogen, mir nicht wieder zu begegnen. Um ihr Leben zu retten, habe sie die Flucht angetreten.

Es war ein grossartiges Festival. Der Präsident bat mich zu sich und überreichte mir eine Kugel. Sie sei ein Geschenk des Festivals, und ich solle die Kugel gut hüten, weil sie aus reinem Gold bestehe. Ich wurde mit Glückwünschen überhäuft. Als ich auf meinen Platz zurückgekehrt war, erklärte ich, dass ich die Kugel für einen wohltätigen Zweck spenden wolle. Es kamen etliche Männer, die damit begannen, die Kugel mit einer Säge zu zerteilen. Als sie zum Kern vorstießen, gab es eine gewaltige Explosion. Sie riss alles in Stücke – Menschen, Tiere, Pflanzen und Gegenstände.

Als sich abzeichnete, dass der Feind den Sieg erringen würde, war er bereit, den Kampf unter einer Bedingung einzustellen. Er verlangte die Übergabe der goldenen Statue, die das Symbol der nationalen Erhebung war. Sie wurde in der historischen Schatzkammer aufbewahrt. Ich gehörte zu der Abordnung, die den Schlüssel holen sollte. Als wir den Tresor öffneten, in dem der Schlüssel lag, entdeckten wir eine furchterregende Schlange. Sie zischte, und jeder, der sich auch nur einen Schritt heranwagte, riskierte den Tod. Hastig schlossen wir den Tresor und liefen davon. Es fiel mir schwer, meine Freude zu verbergen, denn insgeheim wünschte ich mir, dass die Schlange noch lange Zeit lebte und den Schlüssel beschützte.

Die Bahngesellschaft sah sich immer stärker von der Konkurrenz des Autoverkehrs bedroht. Schließlich setzten sich die Verantwortlichen zusammen und fassten den Beschluss, in jedem Zug einen Wagen speziell für Frauen und Raufbolde einzurichten, in dem jeder tun und lassen konnte, was er wollte. Außerdem sollte jeweils ein Wagen für Trinken, Gesang und Tanz zur Verfügung stehen. Ich trank, sang und tanzte und wartete auf die erstbeste Gelegenheit, in den Wagen der Vergnügungen umzusteigen.

DER STROM DER MENSCHEN TRIEB mich und meine Bekannte, eine Rundfunkjournalistin, vor sich her, bis wir schließlich an einen kleinen Platz kamen, wo die Menschen so dicht an dicht standen, dass an ein Weiterkommen nicht mehr zu denken war. Auf der gegenüberliegenden Seite befand sich das Café, in dem ich jeden Morgen frühstückte, das aber nun, da ich keinen Fuß vor den anderen setzen konnte, unerreichbar war. Sie würde ihre Sendung über den Sieg wohl verschieben müssen, sagte ich zu meiner Bekannten. Statt einer Antwort sah sie mich bestürzt an. Sie habe gerade die schreckliche Nachricht erhalten, dass der Held des Tages Mukarram Abid in dem Gedränge gestorben sei. Mein Herz verkrampfte sich vor Schmerz, und ich war tieftraurig. Da hatte mich der Kellner des Cafés erspäht. Er packte ein paar Häppchen in eine Tüte, stellte sich auf einen Stuhl und warf mir die Tüte in hohem Bogen zu. Ich fing sie auf und öffnete sie hastig. Aber meine Bekannte war schneller als ich. Mit der Entschuldigung, dass sie vor Hunger gleich sterben würde, griff sie hinein. Als ich endlich an der Reihe war, fand ich nur noch ein paar Mixed Pickles vor.

Die ärztliche Untersuchung ergab, dass ich nur noch wenige Wochen zu leben hatte. Dieses Todesurteil stürzte mich in bodenlose Traurigkeit, doch dann rang ich mich dazu durch, der Untergangsstimmung mit Verachtung entgegenzutreten. Als Erstes beschloss ich, all das zu essen, was mir die Ärzte seit Jahren verboten hatten. Dann besuchte ich meine Freundin S. und fragte sie, ob sie mich heiraten würde.

Sie sah mich überrascht an. »Du willst tatsächlich eine wunderbare Freundschaft aufs Spiel setzen?«

Aber ich ließ nicht locker, und schließlich gab sie nach. Zwei Tage später kam der Arzt, mit dem ich befreundet war. Er erzählte mir, dass sich ein Spezialist, der internationales Ansehen genoss, in Kairo aufhielt und er mir einen Termin besorgt habe.

Gesagt, getan. Alle Welt beglückwünschte mich, denn das Leben hatte mich wieder. Ich wusste vor Freude nicht aus noch ein, doch plötzlich erinnerte ich mich an all die schädlichen Dinge, die ich gierig verschlungen hatte. Und dann war da noch diese Heirat, die mich zwangsweise in Ketten hielt. Da mischten sich in meine Freude Angst und Trübsal.

Der Minister hatte mich beauftragt, im Archiv des Ministeriums nach Kunstwerken zu suchen, die für eine Ausstellung geeignet seien. Zusammen mit einigen Bürodienern, die die Räume entstauben und das Ungeziefer beseitigen sollten, machten wir uns an die Arbeit. Mir fiel ein großes Gemälde auf, das mit einem Tuch abgedeckt war. Ich nahm das Tuch ab, und da schaute ich auf das Porträt von Saad Zaghlul. Er saß auf dem Präsidentenstuhl und stützte die Hände auf einen Stock. Ich war entsetzt, dass das Bild des Mannes, der mein nationales Bewusstsein bleibend geprägt hatte, derart vernachlässigt herumstand. Aber plötzlich kam Leben in das Bild – Saad Zaghlul blinzelte, bewegte die Hände und zeigte sich in seiner ganzen staatsmännischen Erhabenheit. Im nächsten Moment eilten die Vertreter seiner Generation herbei. Sie begrüßten ihn ehrerbietig und klagten ihm ihr Leid, weil ihnen großes Unrecht widerfahren war. Auf der Stelle vergaß ich den Auftrag des Ministers und schloss mich stattdessen der großen Abordnung an, die von Mustafa an-Nahhas angeführt wurde.

Wie auch etliche andere aus unserer Clique hatte ich eine Einladung von Saad ad-Din Wahba erhalten. Als wir ihn trafen, begrüßte er uns freundlich und teilte uns mit, dass er eine Erklärung vorbereitet habe, in der er die Entfernung von Abweichlern aus dem Führungskomitee fordere. Als er uns bat, die Erklärung zu unterschreiben, kamen wir seinem Wunsch begeistert nach. Am nächsten Tag wurden unsere Wohnungen in aller Herrgottsfrühe von Männern gestürmt, die im Ruf standen, immer im Morgengrauen zu kommen. Sie verbanden uns die Augen und führten uns dem Ungewissen entgegen.

Dank eines Zufalls entdeckte ich, dass ich die Gabe hatte, das Verborgene sehen zu können. Ich war verblüfft und freute mich. Ich ging in den Spielsaal, wo sich meine Kumpane bereits an einem Tisch niedergelassen hatten. Die junge Frau, die die Getränke servierte, wies auf einen leeren Stuhl. Mit dem angenehmen Gefühl, dem Ausgang des Spiels gelassen entgegensehen zu können, setzte ich mich hin. Ich schaute auf die Rückseite der Karten und sah, was die anderen für Blätter in der Hand hielten. Heute würde ich der Gewinner sein. Plötzlich raunte mir eine Stimme zu: »Der dir diese Gabe schenkte, kann sie dir, so du sie für Unrechtes nutzt, auch wieder nehmen.«

Da stand ich auf und ging zum Büfett. Spät in der Nacht kam die junge Frau und erzählte mir, dass der Spieler, der an diesem Abend gewonnen hatte, beraubt und erstochen worden war. Ich war vor Schreck wie gelähmt. Sie hasse die Arbeit in diesem Lokal, sagte die Frau. Ich streckte ihr meine Hand entgegen. Sie nahm sie, und gemeinsam brachen wir auf. Nichts konnte uns mehr zurückhalten.

Es begann damit, dass mich eine junge Frau umschwebte. Sie packte meinen Arm und zog mich in einen entlegenen Winkel, wo ein Karren stand, vor den ein Esel gespannt war. Die Frau stieg auf und winkte mich zu sich. Ich kauerte mich neben sie. Sie nahm die Zügel, und der Esel setzte sich in Gang. Geschickt lenkte sie den Karren durch das Gewühl von Menschen und Wagen, das uns nur langsam vorankommen ließ. Erst auf der Wüstenstraße trabte der Esel los. Er wurde schneller und schneller, sodass wir schließlich sogar Autos und Busse hinter uns ließen. Mir war, als würden wir fliegen. Verblüfft fragte ich die Frau: »Wohin geht die Fahrt?«

»Dorthin, wo dem Esel die Kraft ausgeht und er stehen bleibt.«

Der Platz vor dem Krankenhaus in Abbassija war der Zeuge meiner ersten Begegnung mit Fräulein R. Erregt sprachen wir über die Liebe und unsere hoffnungslose Lage, bis ich schließlich den Streit mit den Worten beendete: »Liebe allein genügt nicht.« Die zweite Begegnung fand im Zoo auf der Tee-Insel statt, aber dieses Mal stand die Witwe R. vor mir. Sie hatte mich um das Treffen gebeten, weil ich ihr bei einem Problem, das sie mit ihrer Dienststelle hatte, helfen sollte. All die verborgenen Gefühle erwachten zum Leben, und so kam der alte Streit wieder auf. Nur redete diesmal ich von Liebe und sie, Mutter von vier Kindern, von der Hoffnungslosigkeit. Sie schnitt mir das Wort ab und sagte: »Liebe allein genügt nicht.«

In der Wohnung von Frau H. fand ich nur ihre Nichte vor. Sie teilte mir mit, dass Frau H. beim Arzt sei. Ob ich nicht einen Kaffee trinken wolle, fragte sie. Ich nahm ihre Hand und zog sie an mich, schließlich hatten wir die Wohnung für uns allein. Auf einmal stand Frau H. vor uns. Bleich im Gesicht herrschte sie ihre Nichte an, sie solle auf der Stelle heimgehen. Als sie mich mit einem eiskalten Blick maß, verließ ich die Wohnung. Draußen regnete es in Strömen, mir tat die Kleine leid. Ohne mich um irgendetwas zu kümmern, lief ich durch den Regen und rief ihren Namen. Wenig später hörte ich, wie jemand meinen Namen rief. Es war Frau H. Nun drohte uns dreien, vom Regen davongeschwemmt zu werden.

Ich las in einer Zeitschrift einen Artikel des Kritikers A., in dem er nicht nur meine Arbeiten heftig kritisierte, sondern mich auch persönlich angriff. Auf einmal stand er vor mir. Er wolle sich entschuldigen, sagte er. Der Artikel sollte lediglich eine Grundlage bieten, mit ihm in einen Dialog zu treten. Errege man Aufsehen, existiere man wieder für die Welt. Ich sah ihn erstaunt an. Wer solle denn diesen Dialog für glaubwürdig halten, fragte ich, immerhin sei er bereits vor fünfzehn Jahren gestorben. Er rechne damit, erwiderte er, dass die neue Generation sich daran nicht erinnere.

Da sagte ich: »Wenn das so ist, ist mir der bösartige Artikel lieber als solch inszeniertes Aufsehen und Betrug.«

Ich sah mich in dem Zug sitzen, der mich in die Stadt des Lichts bringen sollte. Dass außer mir in dem Abteil niemand Platz genommen hatte, machte mir Angst. Ich vergewisserte mich, dass meine Brieftasche noch an Ort und Stelle war, trotzdem war mir nicht wohl zumute. An der ersten Station wollte ich aussteigen, aber auf dem Bahnsteig lungerten mehrere Männer herum, deren Gesichter nichts Gutes verhießen. Ich ging wieder auf meinen Platz, auch wenn mir vor Angst das Herz bis zum Halse schlug. Auf einmal kam Rettung, denn eine hübsche junge Frau stieg in mein Abteil ein und setzte sich unweit von mir hin. Ich fragte sie, ob die Männer sie belästigt hätten. Keineswegs, erwiderte sie, sie hätten sich sehr zuvorkommend verhalten. Die Antwort beruhigte mich keineswegs, vielmehr wurde ich noch misstrauischer. Vielleicht war die junge Frau eine Komplizin und sollte mich in eine Falle locken. Ich setzte mich in den hintersten Wagen und machte mich darauf gefasst, mich zu verteidigen.

Der Zug erreichte die Stadt des Lichts. Ich stieg aus und hielt gleich auf den ersten der vielen Parks zu. Eine leichte Brise hüllte mich ein und trug den Duft von Rosen, Jasmin und Henna zu mir, die Lider wurden mir schwer. Ich vergaß alle Ängste, sorgte mich auch nicht um die Brieftasche und nickte ein. Aus der Tiefe des Parks drang Musik zu mir, und ich versank in einen tiefen, festen Schlaf.

Der Direktor der Produktionsfirma teilte mir mit, dass der Text, den ich eingereicht hatte, akzeptiert worden sei. Der Regisseur habe ihn gelesen und finde ihn gut. Nachdem er mir den Vertrag und einen Scheck überreicht hatte, fügte er hinzu: »Wie du siehst, haben wir eine Teilung vorgenommen. Die Geschichte geht auf deinen Namen, das Drehbuch auf den des Verleihers und die Dialoge auf meinen Namen. Das ist marktstrategisch gesehen besser für den Film.«

Widerwillig stimmte ich zu. Der Regisseur kam, warf einen Blick auf den Vertrag und schrie: »Und ich? Was ist mit mir?«

»Nun ja, wir könnten dich als Koautor der Geschichte bezeichnen.«

Da platzte mir der Kragen. Wütend brüllte ich: »Schluss, aus, ich will damit nichts mehr zu tun haben!«

»Das geht nicht«, erwiderte der Direktor. »Die Arbeit unserer Firma basiert auf Loyalität und Fairness, da können wir es nicht zulassen, dass dein Name nicht genannt wird.«

Ich stand vor dem Schreibtisch des Direktors der Personalabteilung und fragte ihn, wie es sein könne, dass ich bei der Beförderung übergangen worden war. Rein rechtlich gesehen stehe sie mir hundertprozentig zu. Ich solle eine Beschwerde einreichen, dann würde der Fall geklärt werden, erwiderte er. Ich ging zum Direktor der Beschwerdestelle und legte ihm meinen Fall dar. Dafür sei die Verwaltung zuständig, erklärte er barsch. Was mich wunderte, war, dass dieser Direktor genauso aussah wie der der Personalabteilung. Auf der Stelle suchte ich einen Anwalt auf. Nachdem ich ihm das Problem geschildert hatte, meinte er, dass ich mir keine Sorgen machen solle, es würde alles gut werden. Also bezahlte ich das Honorar. Die ganze Zeit über starrte ich ihn ungläubig an, sah doch dieser Anwalt genauso aus wie die beiden Direktoren. Ich ging zu einem Arzt. Während er mich gründlich untersuchte, stellte ich fest, dass auch er wie die anderen aussah.

Als ich mich am frühen Abend auf dem Heimweg befand, spürte ich plötzlich etwas Kaltes an meinem Nacken. Jemand stand direkt hinter mir, und dieser Jemand sagte: »Geld oder Leben!« Ich übergab ihm alles Geld, das ich bei mir hatte, und stand wieder allein da. Kaum hatte ich mich von dem Schreck ein wenig erholt, fragte ich mich, wo ich diese Stimme schon einmal gehört hatte. Ich war mir ganz sicher, dass sie mir bekannt war. Aber wo und wann hatte ich sie gehört?

Zufällig stand ich mit dem ausländischen Generaldirektor vor dem Hotel, als sich ein Hochzeitszug näherte. Der Lärm war beträchtlich, denn die grellen Freudentriller wurden von ständigem Getrommel begleitet. Er zog mich in sein Büro. Was das für ein Lärm sei, wollte er wissen, das sei ja für die Hotelgäste die reinste Zumutung. Das gehöre nun einmal zu einer ägyptischen Hochzeit, erwiderte ich und fügte hinzu, dass Hochzeiten für das Hotel eine feste Einnahmequelle bildeten. Er aber meinte, in den Verträgen stehe doch ausdrücklich, dass jegliche Ruhestörung zu vermeiden sei. »Dafür kann ich nicht garantieren«, sagte ich, worauf er mich wütend anfuhr, dass das ein Befehl sei, den ich unverzüglich auszuführen hätte. Auf der Stelle suchte ich den Verwaltungsdirektor auf. Nachdem ich ihn über den Vorfall informiert hatte, sah er mich nachdenklich an und sagte: »Dieser ausländische Kollege ist für uns mit seinem Wissen und seiner Erfahrung sehr nützlich. Wenn Sie sich mit ihm nicht einigen können, müssen Sie eben die Kündigung einreichen.« Als ich das Büro verließ, fragte ich mich bedrückt, welches Schicksal mich wohl erwartete.

Ich hatte das alte Haus, in dem ich geboren worden war, renovieren lassen. Als die Handwerker abgezogen waren, ging ich durch die Räume, mit denen sich für mich viele Erinnerungen verbanden. Ich trat auf den Balkon und schaute durch die Spalten des Holzgitters auf die vertrauten Plätze hinunter – den Bait-al-Kadi-Platz, die Polizeistation von Gamalija, die öffentliche Wasserstelle unter den Akazienbäumen. Plötzlich scholl von drinnen Lärm an meine Ohren. Ich ging hinein, und da kamen all die längst verstorbenen Freunde aus der Jugendzeit fröhlich auf mich zugelaufen und stimmten begeistert die patriotischen Lieder an, die wir damals gesungen hatten. Auf einmal stürmte ein Trupp Soldaten, angeführt von einem Offizier, in das Haus. Auf einen Schlag war es totenstill. Der Offizier wollte wissen, wer da eben gesungen habe, worauf ich erwiderte, dass sich außer mir niemand im Haus befinde. Die Soldaten durchsuchten das Haus, dann nahmen sie mich auf die Polizeistation mit. Ich wurde beschuldigt, Aufwiegler zu decken, die gegen die Regierung hetzen. Der Verteidiger versuchte mich mit den Worten zu beruhigen, dass es für die Anschuldigungen keinerlei Beweise gebe. Aber statt erleichtert zu sein, wuchs meine Angst, und so sah ich voller Sorge der Zukunft entgegen.

Meine Kollegen und ich trafen uns in der Halle, um uns ein wenig zu erholen. Ich setzte mich zum Vorsteher der von mir geleiteten Abteilung und spielte Domino mit ihm. Da trat der Minister ein. Er gab bekannt, dass er beschlossen habe, den Vorsteher auf meinen Posten zu befördern und mich in Pension zu schicken. Meine Kollegen waren empört und beteuerten mir, dass ein solches Vorgehen völlig ungesetzlich sei. Wenige Minuten später meldeten einige Kollegen Zweifel an, und nicht lange und es gab zwei Parteien. Die eine hielt zum Minister, die andere verlangte seinen Rücktritt. Die Diskussion wurde immer heftiger. Sie schrien sich an und beschimpften sich, und ehe ich mich versah, schlugen sie aufeinander ein und traten mit Füßen um sich. So laut ich konnte, rief ich, dass ich angesichts eines solchen Benehmens das Problem als erledigt erachte und mich zurückziehen würde. Plötzlich kamen sie auf mich zu und stießen mich vor sich her, sodass ich zu Boden stürzte. Da lachte der Minister, der das Geschehen schweigend beobachtet hatte, schallend los.

Ich ging in das öffentliche Bad, um Körper und Seele vom Schmutz zu befreien. Als ich nackt im Dampfbad stand, schaute ich mich nach einem Masseur um. Aber es kam kein Mann, sondern eine hübsche junge Frau. Sie zog sich aus und begann mich zärtlich zu massieren. Alle, die uns sahen, verzogen unangenehm berührt das Gesicht. Ich scherte mich nicht darum, sondern dankte dem gütigen Schicksal, dass es mir eine solche Wohltat zukommen ließ.

Ich besichtigte in Begleitung der Beamten meiner Abteilung eine Stadt, die an Hässlichkeit nicht zu überbieten war. Sie schlugen vor, die Straßen und Plätze instand zu setzen und Parkanlagen zu schaffen. Als ich mich mit ihnen in meinem Büro zusammensetzte, erklärte ich, dass es mir zuallererst um das Wohl der Menschen gehe. Deshalb hielte ich es für richtig, den medizinischen Dienst zu verbessern, mehr Schulen einzurichten und die Versorgung mit Wasser und Strom auszubauen. Kurz darauf überreichten mir die Honoratioren der Stadt ein Dokument, in dem sie ihre Vorstellungen zum Budget formuliert hatten. Alle ihre Vorschläge zielten auf günstigere Bedingungen ab, um aus ihren Investitionen im Bau- und Sanierungsgewerbe noch mehr Gewinn ziehen zu können.

Ein neuer Erlass sah vor, dass nur noch solche Beamten in höhere und höchste Ämter befördert werden sollten, die türkischer oder mamlukischer Abstammung waren. Ich irrte ziellos durch die Straßen. Auf einmal hörte ich meinen Namen rufen. Ich drehte mich um. Mein Freund, der einen Süßwarenladen besaß, winkte mich heran. Er schlug mir vor, in seinem Geschäft als Buchhalter zu arbeiten. Da rief sein Vater, der hinten in einer Ecke saß, er solle sich nicht das Geschäft von irgendwelchen Gefühlsduseleien ruinieren lassen. Ich irrte weiter herum.

Ein sehr lieber Freund, der schon lange verstorben war, suchte mich auf. Er fragte mich, warum ich so bedrückt aussehe. Ich könne nicht mehr gut sehen und hören, sagte ich, und deshalb sei ich von allem ausgeschlossen, was die Kultur an Literatur, Musik und darstellender Kunst zu bieten hat. Da ging er mit mir zu einem früheren Kommilitonen, der einen Verlag leitete. Er fragte ihn, ob er ein Buch habe, das Auskunft über den neusten Wissensstand in Philosophie, Wissenschaft und Literatur gebe. Der Verleger ging kurz hinaus und kehrte mit einem dicken Buch zurück. Dann überreichte er uns auch noch die letzte Ausgabe vom Heiligen Koran. Der Kommentar, der sich darin befinde, sagte er, sei einzigartig. So etwas habe es noch nie gegeben. Wir nahmen beide Bücher und brachen auf. Unterwegs erklärte mein Freund, dass er mich jeden Abend besuchen werde, um mir eine Sure aus dem Heiligen Koran und ein Kapitel aus dem Buch vorzulesen. Aus Dankbarkeit betete ich für ihn: »Möge sich Gott deiner erbarmen und dich in den Weiten seines Paradieses weilen lassen.«

Frau S., die Gattin eines alten Freundes, suchte mich auf. Ich kannte sie gut, war ich doch früher einmal mit ihr verlobt gewesen. Sie warf mir vor, schuld an dem Bankrott ihres Mannes zu sein.

»Er allein ist schuld daran«, erklärte ich. »Er hatte eine Idee für einen Film, wollte aber unbedingt selbst das Drehbuch schreiben und den Film produzieren. Aber erstens verfügte er nicht über genügend finanzielle Mittel, und zweitens hat er keine Ahnung, wie man ein Drehbuch schreibt und einen Film produziert. Am Ende war er bankrott.«

»Du hättest ihn beraten und warnen müssen.«

»Das habe ich oft genug getan, aber er bestand darauf, den falschen Weg zu gehen.«

ICH SAH MICH IN EINEM Trauerzug schreiten, ein teurer Freund war gestorben. Plötzlich entdeckte ich in der Menschenmenge meinen Freund B., der viele Jahre im Ausland verbracht hatte. Er war ein hochgebildeter Mann, aber mich hatte an ihm immer gestört, dass er jedem Modetrend blindlings folgte, sei es nun in der Kunst oder im Leben. Ich begrüßte ihn und erkundigte mich nach seiner Frau, die, wie ich immer gefunden hatte, für diesen Freigeist die ideale Ehefrau war. Er hätte sich von ihr scheiden lassen, erklärte er. Der Trauerzug hatte die Moschee erreicht, und die Bahre wurde hineingetragen. Die Trauergemeinde wollte für den Verstorbenen ein Gebet sprechen. Ich schaute mich um, und plötzlich traute ich meinen Augen nicht – dieser merkwürdige Mensch betrat doch tatsächlich die Moschee.

Kaum hatte ich Fräulein B. erblickt, schlug mir das Herz bis zum Halse. Ich war trunken vor Liebe und litt unter verzehrender Sehnsucht. Plötzlich sah ich meine Nichte neben mir. Sie fragte mich, wie lange ich noch Junggeselle bleiben wolle. Sie habe eine Kommilitonin, die gut zu mir passen würde – Fräulein B. Sie könne sich bei ihr für mich verwenden. Ich war überglücklich, aber gleich darauf bekam ich es aus irgendeinem mir unerklärlichen Grund mit der Angst zu tun. Ich zog mich zurück und ließ mich nirgendwo mehr sehen, wo man mich auf Fräulein B. hin hätte ansprechen können. Schließlich drang die Kunde zu mir, dass sie sich mit einem netten jungen Mann verlobt hätte. Im Schaufenster eines Fotogeschäfts entdeckte ich dann das Hochzeitsbild. Nach Liebe verzehrte ich mich immer noch, aber es war ein gutes Gefühl, sich in Sicherheit zu wissen.

Ich sah mich mit Scheich Zakarija Ahmed zu einem Hügel gehen, auf dem, inmitten von Blumen, Umm Kulthum und all die anderen Künstler standen: Al-Hamuli, Osman, al-Minjalawi, Abd al-Haij Hilmi, Sajjid Darwisch, Mohammed Abd al-Wahhab, Munira al- Mahdija, Fathija Ahmed und Laila Murad.

Umm Kulthum sang: »Eine Stimme hört' ich rufen im Morgengrauen ...« Sie wiederholte diese Zeile, einmal und noch einmal. Uns wurde bang zumute. Ihre Stimme verklang, und schließlich war sie verstummt. Da begann Munira al-Mahdija zu singen: »Gerade erst war es Abend geworden im Muntaza-Park, gerade erst hatten wir uns niedergelassen mit dem Glas in der Hand, da kündigte sich schon der neue Tag an.« Dann erhob Sajjid Darwisch die Stimme: »So komm' doch wieder, nur einmal im Jahr, für immer zu gehen, ist Sünde gar ...« Und Scheich Zakarija sang: »Die Vertrautheit aus früherer Zeit, kehrte sie doch nur zurück!« Was mich betraf, so sprach ich einfach die Fatiha über den Anwesenden.

Ich erfuhr, dass mein Freund G. in seinem Zimmer hockte und damit drohte, sich umzubringen. Ich ging sofort zu ihm. In der großen Diele saßen seine Brüder und Schwestern. Ich konnte meinen Freund durch das Oberfenster der Zimmertür sehen – sein Hals steckte in der Schlinge. Ich sagte zu ihm, dass er doch gläubig sei, und ein gläubiger Mensch bringe sich nicht um. Die da, erklärte er, hätten ihn eingesperrt, als sie davon hörten, dass er als Märtyrer sterben wolle. Er habe ihnen gesagt, dass sie weggehen sollten, aber sie gingen nicht weg. Nun sehe er keinen anderen Weg, als Selbstmord zu begehen. Ich sagte zu seinen Geschwistern, dass sie ihn ziehen lassen sollten. Als Märtyrer zu sterben sei hundert Mal besser, als sich selbst umzubringen.

Doktor M., mit dem ich gut bekannt war, erzählte mir, dass er A. heiraten wolle. Ich war nicht nur ihr Nachbar und ein Freund ihrer Brüder gewesen, sondern auch hoffnungslos in sie verliebt. Ich war also bestens geeignet, mit Doktor M. über sie zu sprechen. Was ihr Aussehen betreffe, setzte ich an, aber da schnitt er mir auch schon das Wort ab und fing an, über andere Dinge zu reden. Ich versuchte es noch einmal. Ihr Wesen sei genauso vollkommen wie ihre Schönheit. Da küsste er mich auf den Kopf und ging. Ich fand mich wieder in einem Saal, der voller Menschen war. Es wurde gesungen und getanzt. Ich hörte zu, ich schaute zu, und mein Herz war darauf gefasst, ein letztes Mal zu schlagen.

Dort, am Pyramidenhügel, sah ich plötzlich Rider Haggard laufen. Ich stürzte zu ihm hin, und nachdem ich ihn willkommen geheißen hatte, sagte ich, dass er mir mit seinen Romanen über Ayesha, Kleopatra, Saladin und König Salomon in der Kindheit und Jugendzeit ein wahres Paradies eröffnet habe. Ich fragte ihn, ob es die Schätze des Königs Salomon wirklich gegeben oder ob er sie nur erfunden habe. Auf einmal sah ich mich neben ihm gehen, er führte mich in den afrikanischen Dschungel. Im tiefsten Dickicht blieb er stehen, zog einen Schlüssel aus der Tasche und beugte sich so tief hinunter, dass er im hohen Gras verschwand. Aber plötzlich öffnete sich eine Tür; vor mir lag eine lange und breite Höhle, die voller Edelsteine und Gold- und Silberbarren war. Es war ein einziges Funkeln und Glitzern, und dieser Glanz warf Licht auf die Welt des Unbekannten.

Aus einem gleissenden Lichtstrahl trat mein verstorbener Freund T. hervor. Ich grüßte ihn und sagte, dass nach seinem Ableben kein Nachruf veröffentlicht und keine Trauerfeier abgehalten worden sei. Zwar hätten Arbeiter ein großes Zelt aufgebaut. Aber es hatte sich niemand blicken lassen, der seine Trauer bekunden wollte, und ein Koranrezitator war auch nicht gekommen. Da nahm mein Freund auf einer Polsterbank Platz und rezitierte mit volltönender Stimme die Sure »Der Erbarmer«.

Der kleine Tisch war mit lauter Köstlichkeiten gedeckt. Als es klingelte, öffnete ich die Tür. Meine Freundin stürzte herein und warf sich auf das Sofa. Ihr Kopf glitt auf die Lehne, und die Arme hingen schlaff herunter. Ich lief zu ihr und strich ihr über die Wange. Dann nahm ich ihre Hand, und als ich keinen Puls fühlte, rief ich entsetzt: »O Gott, sie ist tot!« Voller Grauen sah ich auf mich zukommen, eines Verbrechens beschuldigt zu werden. Ich nahm sie auf die Arme und trug sie in die Küche. Blitzschnell warf ich sie aus dem Fenster in den Hof hinunter. Am ganzen Körper bebend, verharrte ich für einen Moment.

Am Morgen des nächsten Tages sah ich mich mit anderen Mietern und dem Hausbesitzer zusammenstehen. Er berichtete, dass die Frau, die er im Hof gefunden hatte, ins Krankenhaus gebracht worden sei.

»War sie denn nicht tot?«, fragte ich.

»Nein«, erwiderte er. »Die Ärzte sind sich ziemlich sicher, dass sie sie retten können. Sobald sie ansprechbar ist, wird die Staatsanwaltschaft mit der Untersuchung beginnen.«

Da graute es mir wieder davor, eines Verbrechens beschuldigt zu werden.

Unser Professor hatte uns zum Mittagessen eingeladen. Nach dem Essen scharten wir uns um ihn und diskutierten über alle möglichen Dinge. Plötzlich stürmte die Polizei die Wohnung und brachte uns in ein Haftlager, ohne dass es einen Prozess gegeben hätte. Nach sechs Monaten wurden wir freigelassen, und noch immer wussten wir nicht, warum wir eingesperrt worden waren. Wann immer ich mich an die erlittenen Qualen im Lager erinnerte, kam ich ins Grübeln. Warum hatte man uns verhaftet?

Unsere Häuser standen am Rande der Wüste. Jedes Haus besaß einen Hof, in dem ein großer Tonkrug mit Trinkwasser stand. Kam ein Durstiger des Wegs, betrat er einen Hof, trank und zog weiter, nachdem er uns mit Segenswünschen bedacht hatte. Eines Tages überfiel eine Bande eins der Häuser. Die Schurken töteten die Bewohner, plünderten das Haus und flohen. Von dem Tag an hielten wir die Türen verschlossen. Nicht lange, und wir erfuhren, dass diese Verbrecher dabei waren, einen unterirdischen Gang auszuheben, der mitten ins Dorf führen sollte. Eines Tages stießen sie beim Graben auf eine Quelle. Das Wasser strömte und strömte, überflutete sogar die Wüste. Angesichts dieses Glück verheißenden Naturschauspiels rief ein weiser Mann aus dem Dorf: »Öffnet eure Türen und Herzen!«

Der Produzent hatte mich beauftragt, eine Komödie zu schreiben. Ich wählte als Schauplatz eine Stadt, in der die Menschen einen erbitterten Kampf um das tägliche Brot führen mussten. Es herrschte Zwietracht unter ihnen, und Krankheiten und Unfälle rafften viele von ihnen hin. Als wäre das nicht schon Unglück genug, gab es ein verheerendes Erdbeben, das jegliches Leben vernichtete. Da war nichts mehr, was an die Stadt und ihre Bewohner hätte erinnern können.

Als der Produzent das Drehbuch zu Ende gelesen hatte, lachte er laut los und sagte: »Du bist wirklich der geborene Komödienschreiber.«

Mein Freund S. erzählte mir, dass die Bodenreform bei seinem Vater einen psychischen Zusammenbruch ausgelöst habe. Er rede von nichts anderem mehr, als den Finanzminister sprechen zu wollen. Deshalb wolle er mich als seinen besten Freund bitten, seinen Vater zu besuchen und den Minister zu spielen.

Ich fand den Großgrundbesitzer in einem beklagenswerten Zustand vor. Flehentlich fragte er: »Wollen Euer Ehren wirklich unsere Ländereien konfiszieren?«

Ich winkte ab. »Ach was«, sagte ich, »das ist nichts weiter als ein Gerücht, um die Herzen der gewöhnlichen Menschen zu gewinnen.«

Als mein Freund und ich die Villa verließen, dankte er mir. Ich sah, dass er sich verstohlen die Tränen abwischte. Um ihn zu trösten, sagte ich, dass jeder gesellschaftliche Fortschritt seinen Preis habe. »Außerdem solltest du nicht vergessen, dass du dich immer für den Sozialismus eingesetzt hast.«

Er sah mich wütend an. »Über etwas zu schreiben, ist eine Sache, aber die praktische Verwirklichung ist eine ganz andere Sache.

Nagib Machfus: Leben und Werk

Nagib Machfus wird am 11. Dezember 1911 als jüngstes von sieben Kindern eines kleinen Regierungsbeamten im Stadtteil Gamalija, einem der ältesten Viertel von Kairo, geboren. 1924 zieht die Familie in das neu erbaute Viertel Abbassija außerhalb der Altstadt, in dem sich vorwiegend Ägypter aus dem Mittelstand ansiedeln. Für Machfus, der abgesehen von Reisen nach Alexandria sein ganzes Leben in Kairo verbracht hat, ist die Altstadt nicht nur Ort seiner Kindheit, sondern auch Schauplatz fast aller seiner Romane; hier, im Kleinbürgermilieu, spiegelt sich für ihn Ägypten, ja die ganze Welt.

Als Kind lernt er die altägyptische Kultur durch Museumsbesuche kennen, später geht er, der zu Hause wenig intellektuelle Anregung erhält, regelmäßig in Kinovorstellungen. Den Kinobesuchen entspringen erste Schreibversuche. Ernsthaft zu schreiben und in Zeitschriften zu veröffentlichen beginnt Machfus während seines Philosophiestudiums (1930–1934). Doch die schriftstellerische Arbeit bleibt Nebenbeschäftigung, denn nach Abschluss des Studiums schlägt er eine Beamtenlaufbahn ein, zunächst in der Verwaltung der Universität und im Ministerium für »Religiöse Stiftungen«, dann, ab 1953 bis zu seiner Pensionierung 1971, im Bildungsministerium, wo er hauptsächlich Aufgaben im Filmbereich wahrnimmt.

Seine ersten drei Romane, zwischen 1939 und 1944 erschienen, sind in der Zeit der Pharaonen angesiedelt und entsprechen damit ganz dem Zeitgeist der Zwanziger- und Dreißigerjahre, als die Unabhängigkeitsbewegung die ägyptische Identität in der Rückbesinnung auf das alte Ägypten suchte. Die Form des historischen Romans erlaubt es ihm zudem, die Zensur zu umgehen; Bezüge zur Gegenwart sind ihm wichtiger als historische Genauigkeit. Und noch etwas zeichnet diese ersten Werke aus: In den Dreißigerjahren war der Roman als Gattung in der arabischen Literatur noch immer

Neuland, nachdem 1914 der erste Roman in arabischer Sprache erschienen war. Machfus widmet sein ganzes Schaffen dieser Gattung, bringt sie zur Blüte und erschließt eine Vielzahl an neuen Ausdrucksmöglichkeiten für die arabische Literatur.

Die Auswirkungen des Zweiten Weltkriegs, der Zerfall der Monarchie, die sich zuspitzenden sozialen Gegensätze und die Hoffnung auf Befreiung vom britischen Kolonialsystem lassen Machfus seinen ursprünglichen Plan, die Geschichte der Pharaonen in vierzig Romanen darzustellen, aufgeben zugunsten einer literarischen Gestaltung des Kairoer Alltags der Gegenwart. Abschluss und Höhepunkt der realistischen Phase, in der auch die Romane »Die Midaq-Gasse« und »Anfang und Ende« entstehen, ist die »Kairo-Trilogie«, die das Schicksal einer Kaufmannsfamilie über drei Generationen hinweg verfolgt. Ihre Veröffentlichung 1956/57 macht ihn auf einen Schlag zu einem der führenden Schriftsteller der arabischen Welt. Die neue Regierung unter Nasser, dem er zunächst abwartend gegenübersteht, zeichnet ihn mit dem Staatspreis für Literatur aus.

Die »Kairo-Trilogie« schließt Machfus kurz vor der Revolution 1952 ab. 1954 heiratet er Atijatallah Ibrahim; der Ehe entstammen zwei Töchter. In den folgenden Jahren, einer Zeit der politischen und sozialen Umwälzungen in Ägypten, entstehen keine neuen literarischen Werke. Machfus wendet sich vielmehr dem Film zu, seinem zweiten künstlerischen Schwerpunkt. Seine Bedeutung für das ägyptische Filmschaffen darf nicht unterschätzt werden: Für rund fünfundzwanzig Filme schrieb er entweder das Drehbuch oder lieferte die Filmidee, zudem wurden viele seiner Romane ohne seine direkte Beteiligung verfilmt.

Sein nächster Roman, »Die Kinder unseres Viertels«, wird 1959 in der ägyptischen Staatszeitung »Al-Ahram« abgedruckt. Die Entrüstung der konservativen islamischen Kreise über diesen Roman, der erst 1967 in Beirut in Buchform veröffentlicht werden kann und in vielen arabischen Staaten verboten ist, schlägt bis heute hohe Wellen.

Die Sechzigerjahre, bis 1967, bedeuten eine neue Phase in Machfus' Werk. Themen wie Entfremdung und Lebensenttäuschung treten in den Vordergrund, der Ton ist zunehmend pessimistisch. Romane wie »Miramar«, »Der Rausch« und »Der Dieb und die Hunde« entstehen in dieser Zeit. Machfus erschließt sich neue literarische Darstellungsmittel: Das Zurücktreten des auktorialen Erzählers, wechselnde Erzählperspektiven, innere Monologe, das Verschwimmen von Wirklichkeit, Traum und Vision kennzeichnen den neuen Erzählstil.

Neben der Julirevolution 1952 bedeutet auch der verlorene Krieg gegen Israel 1967 einen Wendepunkt in Machfus' Leben und beeinflusst sein literarisches Schaffen nachhaltig. Dabei nimmt er nie direkt politisch Stellung. Vielmehr setzt er sich mit den Veränderungen der ägyptischen Gesellschaft auseinander, mit Opportunismus, Karrierismus und dem Gefühl der Machtlosigkeit des Individuums. Die Pensionierung 1971 erlaubt es ihm, sich endlich ganz dem Schreiben zu widmen; neue Werke entstehen in rascher Folge und zeigen wiederum eine Erweiterung des Erzählstils. Er greift zurück auf die Tradition islamischer Mystik, auf volkstümliche Geschichten und klassische Reiseliteratur; viele Werke sind auch symbolisch oder allegorisch zu lesen. Es entstehen »Die Reise des Ibn Fattuma«, »Die Nacht der Tausend Nächte«, »Echnaton« und »Der letzte Tag des Präsidenten«.

Nachdem er im Lauf der Jahre die höchsten ägyptischen Auszeichnungen für seine Romane und seine kulturellen Verdienste erhalten hat, wird Nagib Machfus 1988 als erstem arabischem Autor der Nobelpreis für Literatur verliehen. Sein Werk umfasst rund vierzig Romane und über hundert Erzählungen sowie Drehbücher, Theaterstücke und mehr als zweihundert Artikel.

1994 wird Machfus bei einem Attentat durch religiöse Fanatiker schwer verletzt. Trotzdem äußert er sich in den folgenden Jahren zum Zeitgeschehen, zum Beispiel in seiner wöchentlichen Kolumne in »Al-Ahram«. Seine Stimme hat nichts von ihrer Autorität in der arabischen Welt verloren.

Am 30. August 2006 stirbt Nagib Machfus nach kurzer Krankheit in Kairo.